微 篇 小 说

时 代 记 录

尚
书
房

长安花

陈 毓 著

南海出版公司

2020·海口

图书在版编目（CIP）数据

长安花 / 陈毓著 .-- 海口：南海出版公司，
2020.8
ISBN 978-7-5442-7431-9

Ⅰ . ①长… Ⅱ . ①陈… Ⅲ . ①小小说—小说集—中国
—当代 Ⅳ . ① I247.82

中国版本图书馆 CIP 数据核字（2019）第 127810 号

CHANG' AN HUA
长　　安　　花

作　　者 陈　毓
责任编辑 张　媛
装帧设计 马顾本
出版发行 南海出版公司　电话：（0898）66568511（出版）（0898）65350227（发行）
社　　址 海南省海口市海秀中路 51 号星华大厦五楼　邮编：570206
电子信箱 nhpublishing@163.com
经　　销 新华书店
印　　刷 北京军迪印刷有限责任公司
开　　本 787 毫米 ×1092 毫米　　1/16
印　　张 14.5
字　　数 143 千
版　　次 2020 年 8 月第 1 版　　2020 年 8 月第 1 次印刷
书　　号 ISBN 978-7-5442-7431-9
定　　价 69.80 元

目录

秦时月

掰着指头算，兵算出自己离开故乡五个年头了。他记得离家时，门边磕畔的迎春正爆出星星点点的黄。那黄就摇曳在兵心头，这许多年。

兵的娘后来想儿子哭泣的时候，心里总算安慰：赶制的一件棉袍、一双棉窝窝，是兵带着走的。兵的爹老了，于是筑长城的劳役，该兵这样的年轻人替代。兵无所谓，北方，是自己迟早要去的，筑长城，守边，都一样。

兵不停地走在路上，就把麦田走到了身后。接着迎来了山，又走出了山。然后兵就看见无边的枯草，到处都是草，风呼呼吹过时，草低低地伏下，臣服于风的力量之下。兵看见长城时停下，长城在兵眼里，像一条蟒蛇，在平展展的荒草滩上蜿蜒伸展，直到兵目力不能及的地方。兵现在来延展这条蟒蛇的长度。

兵和另一些兵，被训练和泥、填土、挖沟。不久兵被固定在和泥这道工序上，因为兵最擅长和泥，兵和泥和得又快又匀，同样的米汁被兵和进泥土，就能筑出冷铁一般的墙。将官用铁戈来戳，戳不透，和兵一起筑墙的人因此得到嘉奖，若是被将官的铁戈戳透呢？那筑长城的兵将被填埋进一段新土墙里去。

第二年的时候，兵和一群兵又被选出去种植榆树。那时候，衰草退了黄，添了绿，空气里鲜草的清香一阵阵扑进兵的鼻腔，兵觉得真是好闻极了。一些早开的野花像夜晚的星星一样明亮醒目，真好看。榆树有大有小，兵严格按规定的间距把榆树呈三角形栽下。这些榆树阵，阻挡飞一般驰骋的匈奴骑兵的马腿。一个老兵回答了兵的疑惑。

兵早就听说匈奴兵是些喜食腥膻的虎狼一样的野蛮人，挥舞大刀，骑高头大马，来如疾风，去如闪电，常常跟随在一股黑风的后面而来，眨眼就掠走了南人的马匹、牛羊、地里成熟的庄稼、屋里煮饭的妇女、河边浣衣的姑娘，简直是一群魔鬼。兵和更多的兵辛苦筑长城、植榆树，就是为了挡住这疾风、这闪电，和比这疾风闪电更可怕的大刀。

在榆树发出呼啦啦明亮响声的时候，兵听说了一个可喜的消息，蒙恬将军打了胜仗。消息是从北方退回来养伤的兵带来的。这个缺了臀的兵倒不在乎丢了半边臀在匈奴骑兵的大刀下，他大咧咧地说，就当是喂了饿狼了，命还在，好得很。像他这样的残兵就不用再上前线，不出意外，倒能活着回去见老娘。

兵现在驻守这个叫五里墩的烽火台，和那个缺了臀的兵，为了区分彼此，下面叫兵为末，叫臀残缺的兵为老。叫老，叫末，你记住了没？

大批的兵从五里墩烽火台上撤走，只留下叫老与末的两个兵。没有人告诉他俩要留多久，回头会有谁来接替。没人说。时间像草尖上的风，有些摇摆、不定、恍惚。日举烟、夜举火的烽火台有好些日子都是沉默安详的样子，有时候末站在五里墩上向北遥望，只看见大片的草一天向南倒伏，一天向东倒伏，不好把握的样子。五里墩也不再像以前那种两个时辰一换岗的紧张与警惕。老和末有时候很是诧异，但他们同时说，没有狼烟和火把吵嚷的日子难道不好吗？日子像他们在烽火台上摊开的身体，放松，再放松。

就这样，又一个春天来了。

一个漫漫的和风吹脸的春日，靠在土墩上晒太阳，老对末说："你没有打过仗，你没有看见蒙恬将军的弩车从直道上开过来的阵势，你也没扳过弩机。""放——"老模仿发弩机的动作。"嗡——"老比拟弩飞驰的声音。"像是有一万只大黄蜂朝一只羊猛扑过去。人仰马翻，当然是匈奴骑兵。"老描述。

"匈奴骑兵统统被赶回老家去了。你不信，你笑，你啥也没见过。你当然笑。"

"我修过长城，我和泥得到过领军的嘉奖，和我一道修长城的人都沾过光。"末终于想出一件属于自己的光荣。末当然不会跟老说，他在北上前，是村里有名的砖瓦匠，他烧的砖，远近闻名哩。

我栽的榆树，大概都能活。这话是末在心里念叨的。因为末想，泥瓦匠是属水属土的，好水好土当然滋养木。

又一个夜晚，躺在烽火台上吹风，老笑嘻嘻地、神秘地对末说："你连女人都没见过哩，你见过个啥！"月洒清辉，虫鸣叽叽。

老的话末早听见了，但他默声，不理老。女人他咋没见过？他离家那年，隔壁喜良刚娶了媳妇，新媳妇来他门前井台上打水，隔着一把辘轳站着，一个人手上的温度，传给下一个人，怎说他，没见过女人？喜良去筑长城，比他早走一月呢。

但末还是有点伤感，因为从他家的辘轳井台，末联想到老娘，以及老娘灶台上弥漫的饭菜的香气。他多久没吃娘做的饭菜了？他几乎都忘掉大白馒头的麦香气了。他鼻翼抽动，像狗觅食似的嗅，却还是只闻见清朗月光下青草清寡的香气。

后记：

公元前 215 年，嬴政以蒙恬为帅，统领三十万秦军北击匈奴。在黄河之滨，以步兵为主的秦军与匈奴骑兵展开了一场生死之战。秦军在蒙恬的指挥下，以弩重创匈奴骑兵，秦军以锐不可当之势，迫使匈奴远遁大漠。蒙恬修长城，建直道，栽榆树。此后很长时间，匈奴"不敢南下而牧马"。即便秦末，中原陷入战乱，北方的匈奴也长久不敢南犯。这是后话。

　　而彼时那两个兵，唯有坚守与等待……

好大雪

　　说的是扈三娘。《水浒传》中可数的女人之一。她是个美人，见过她的男人这样描述她："别的不打紧，唯有一个女儿最英雄，名唤一丈青扈三娘，使两口日月双刀，马上武艺了得……"再看这三娘出场："雾鬓云鬟娇女将，凤头鞋宝镫斜踏。黄金坚甲衬红纱，狮蛮带柳腰端跨。霜刀把雄兵乱砍，玉腕将猛将生拿。天然美貌海棠花，一丈青当先出马。"再看她武功："马上相迎，双刀相对，正如风飘玉屑、雪撒琼花。宋江看得眼也花了。"

　　这个英武了得的女人后来的命运却背离了她的性格，她混迹在有杀亲之仇的莽汉中，甚至当她陷身于一桩滑稽婚姻时，她也哑着，不反抗，连一个冷脸也没给过谁。读书人每每读到这里，总要心生不平。一夜重读，恍惚听见一个声音在耳边这样说——

　　与梁山即将开战的阴云在庄子上空笼罩很久了。男男女女、老老少少的平静日子被打乱，人像大雨来临前的一窝蚂蚁。唯有父亲，看上去还是那样庄严平静，只有他眉头偶尔地一挑泄露内心的秘密：战争会是残酷的，他要对一庄老小的命负责。

　　梁山上聚集的那群人，在胸怀儒雅的父亲眼里，无疑就是一群强盗。那些外出的庄客道听途说来的消息加重父亲心里的反感，作为正经良民，我理解他的情感，他是容不得一个人恃强霸世的。那段日子他请来最好的教练，加强庄子里的军事防御。为了设置暗道，一棵棵高大的白杨被伐倒，它们倒下时我心凄凉。覆巢的喜鹊在空中盘旋，发出尖厉愤怒的鸣叫，像是要用尖叫啄破树下捣乱恶人的脑袋。我的父亲忧戚地看喜鹊，平定地看我们的脸，沉声说：“卫国从保家开始，谁让我们住在土匪的鼻子底下呢。”

　　听说梁山上的头目已经有一百多个了，每有一个人物投奔山上在庄子里都会被纷纷议论，他们的身世成为我们议论的话题。

　　我说：“那林冲呢？你说过的，他是不肯同流合污的孤独英雄。”父亲说：“当然，也就林冲了。”

　　听说林冲的名字很久了，知道他叱咤东京的威名，知道他沧州草料场盖地大雪中无路可走的窘迫，知道他梁山上不见容于王伦的尴尬……冬去春来，他的事被匆匆忙忙奔走不歇的庄客带来，又带到远方去。我的哥哥、我未来的夫君更像是忠诚的说书人，一遍又一遍地言说，把他的经历流传为故事。

"要是能跟他研习枪法，肯定有益。"哥哥说。"听说他傲气得很呢，他不屑的人休想有近他身的机会，远远就让他用枪挑了。"哥哥又说。

我未来的夫君更是异想天开，他深信林冲的枪要是肯投到天上去，一定能掷中飞翔的大雁。"要是我能跟他相遇，我就邀请他去打猎。他应该是喜欢打猎的，打了野猪我帮他烧烤。"他认真地说。

不知怎的，我们谁都无法把他归于我们的敌人之列，虽然战争在即，犹如箭在弦上。而两军对垒时，他的脸上会有寒霜一般的杀气吗？

战事还算顺利，一战、二战都以三庄的胜利告捷。

梁山第三次攻打祝家庄是在黄昏。

厮杀从黄昏开始直到如刀的一弯月亮斜挂树梢。马蹄嘚嘚，耳边的厮杀声渐远，我发现我已经跑出了弥漫庄子的血腥气息。那个伏在马背上仓皇狂奔的黑汉才是我的目标。是的，我要擒拿住他，宋江。我听见风在我的宝刀上弹奏出铮铮的鸣响。

我的奔驰止歇于百步之外那个人的拦截。我看见他站在月光下，月光照耀魆黑的林地，却反衬出他的明亮。

数十骑骑兵簇拥着一个壮士——林冲。他立马横枪，静在那里，如同被云翳半蔽的月亮，忧郁却又光华自现。

山林一时寂静，连马也停止了嘶鸣，只听得见夜鸟的梦呓。我再次听见风在我的宝刀上弹奏出铮然的鸣响。

刀枪相向，不知谁先迎向谁。最后我看见我的双刀柔软如练，幻化成两道白光，弃我而去。我看见我的腰在他的臂弯里，我的脸在他的肩头，在我一生跟他最为贴近的一个瞬间里，我看清他瘦削的脸，他深邃的眼睛，我看见他低头打量我的脸时，他眼睛里如火把照耀井水的粼粼波光。我闻见他铠甲上有树叶的味道。

林冲。

我不知道我命中如墨的黑暗会接踵而来。死了父亲，走了哥哥，那个约定要娶我的男人已先自变成尘土。而那个粗蠢的手下败将却成了我的夫君。世界恍如一张巨大的滑稽的笑脸。

那是我记忆中最寒冷的一个冬天，我看手中的宝刀，看见眼泪如夏天的白雨点落在刀刃上，溅出蓝色的火焰。"卿本佳人，奈何从贼？"我的宝刀它在说话。

我和我的宝刀相视而笑，我感觉它温暖地抚慰着我的脖颈。我听见风呼啸而过，我闻见记忆中熟悉的树叶的味道。林冲站在眼前。

我看见他被严霜封冻的瘦削的脸，他眼睛里灰一般寂灭的哀痛。我听见他肺腑深处的叹息声：一个人连死都不怕，这世上就没有什么是不可以忍受的！

大雪从天而降，落在两人之间。咫尺天涯，我们是两棵永远无法靠近的树。

梁山上的日子是粗糙、苍白的，我像那个隐忍的人一样深怀心思，如独花寂寞开放。北上南下，急急的征途中，我是他们眼里那个能征惯战的"哑美人"扈三娘。我想我总有一天是要死的，假如能死在与他一起的征战中就是上天的恩宠了。

这一天总算来了，不迟不早，在它该来的时候。

这一天华丽盛大，犹如我的节日。

你看看我的出场你就明白我的心思："玉雪肌肤，芙蓉模样，有天然标格。金铠辉煌鳞甲动，银渗红罗抹额。玉手纤纤，双持宝刀，恁英雄煊赫。眼溜秋波，万种妖娆堪摘。"

因为节日，就当以节日对待。让鲜血开成花朵。

我在飞翔，恍如多年前。我看见我的眼前银光四溅，在赴死的一瞬。我看见头顶阔大无边蔚蓝的天空中只有大如花瓣的雪花纷纷而下，携带着树叶的迷人气息。

好大的雪！我听见我情不自禁的感叹声。

一场稀世罕见的大雪消失了世界的界限、万物的踪迹，只剩下一片白茫茫，大地真干净。

好大的雪！我听见我的声音和他的声音合在一起，不分彼此。

出　神

—————

　　十几年的光阴随水流去，江河归位，空气中又能闻见成熟庄稼的芬芳气息，孩子的笑闹声随炊烟在村庄上空明亮升起……

　　禹觉得郁积在胸口的一股气慢慢散开，让他的身子仿佛要飘起来，又仿佛终于能够放下似的觉得轻松。从山巅向下望，阳光照耀着河流，照耀着村庄，照耀着田里劳作的男女。那些人，他们现在在路上遇见他，都要远远站住，静静垂下双臂，把头偏向一边，微微地向他笑，低低地唤他一声"禹爷"，然后目送他走远。那景象让禹有点幸福、有点疲惫，还有点莫名的感伤。人民的拥戴声和欢呼声让他心惊，他只能微笑，可笑着笑着笑容就失了温度，僵在脸上冷冷的，使他难受了。

　　他越来越不爱出门，无聊地躺在石榻上，看着墙上裂缝中一株雨季里长出后又枯死的灰白的草发呆。呆着，不觉想到了来世，今生似乎没甚可想了，那来世呢？若是真有来世，还做一个治水的贤人吗？禹独自呵呵地笑了。

来世？自己倒愿意变作一棵树，禹想。不做激流中的石头，不做可以轻松飞过湍急流水的飞鸟，就做一棵苍苍的枝深叶茂的树，长在人迹不能至的山之坳，自在之外，顺便给远行的飞鸟停停脚，让劳顿的兽在它的枝干上蹭蹭痒……

呵呵，禹感觉快乐，感觉宽慰，再次笑了。他听见耳边飒飒的、簌簌的、淅淅的声响，恰似风吹树叶的声息，树枝沐浴在雪中雨中的声息，多么好啊。禹仿佛真的感觉到鼻息之间那树叶清苦的潮润气息，闻见当风到来、雨到来、雪到来时，树散发的各种不同的美好气息。

被这种念头拧着心，禹不觉并拢了双脚，伸展身子，双手合十，用力向上提升身体，同时向右旋转。禹慢慢旋转，慢慢把重心转到一只脚上，并且越来越快地旋转，快到自己感觉都要飞起来了。他真的是飞起来了吗？禹听见身体中噼噼啪啪的声响，仿佛体内正在开花，在一声紧似一声的噼啪声中，禹感到上半身越来越轻，而他的双脚似乎合二为一了，那么牢靠、那么扎实地和大地亲密相融。他真切地感到脚下泥土松软的温热气了。

惊喜和幸福涨满内心，让禹有点昏晕，他顺其自然地昏晕了半刻钟。随后他慢慢从那种昏晕里醒过来。低头打量自己的身体，他看见自己的下半身已然是一截苍苍树木了，他将信将疑地沿着树身向上看，他看见自己的头上正顶着高大茂盛的树冠，巨大的幸福感冲击着禹的头，使他沉沉睡去。

醒来的第一个念头，禹就是热切地等待妻子。他一心一意地等妻子到来，他一定要说服她也变成一棵树。想当年三过家门不入，的确使她颇受了些冷落和委屈，现在，如果妻子也愿意变成一棵树，那他从此将根根叶叶、枝枝杈杈地终日与她厮守在一起，还有什么可遗憾的呢？再说，单是变树时的美妙感觉，无论如何也要说服她试一试。

要是她不肯听他的呢？那就一把抱住她，哄她、教她——收拢双脚，双手合十。帮她旋转。飞升。看，变成树了吧。变树的感觉如此美妙，体会到了，她也不会埋怨他的吧。

可是，妻子怎么还不到来呢？禹打算像一棵树那样伸展身体，向着远处张望张望。却只听见脚底下"啪"的一声，犹如瓦钵摔碎在地的声响。禹惶然低头，却看见自己依然端坐在神龛上，在终日缭绕，从不肯有片刻歇息的香烛烟雾里。禹仿佛做梦似的长久地发了一回呆。

被常年的烟火熏炙，禹感觉自己的眼睛异常肿胀，他的肩背僵硬如同死人一般，治水时落下的腿病使他的双腿沉重，没有一丝想要动弹一下的欲望。

收回视线，端正目光，从深沉的恍惚中清醒，禹还是在神龛上尽力地坐正自己的身子。

采诗官

我向往那些村庄，就像蜜蜂渴望春天的到来一样。

当浩荡的南风让宫门上的珠帘发出一阵阵悦耳的丁零响，就到我出宫的时候了。身为采诗官，一年一度的出行是我心中的节日。

此刻，在宫墙外，在漫溢着草木香气的广袤原野上，花儿已经开放，勤快的蜜蜂先我而去。动物们从漫漫长冬里醒来，在原野上纵情恋爱。青蛙的叫声有点笨拙，公雉求爱的声音神秘、缥缈，它们时而现在低缓的坡梁上，时而隐在薄雾轻扬的沙洲边，时而又骤然响起在我仓促的脚步声里，像是故意跟我玩捉迷藏的游戏。整个春天，我匆忙的脚步不期撞进他们的爱情之地，目睹了一场场盛大的爱情剧。

遇见那个叫姜的女子时，我刚刚告别那个中年樵夫，他把芬芳的檀木晾在河边上，坐在那里歇息，嘴里唱着一首抒情的歌。他的歌声凄凉优美，打动了我的心：

    叮叮咚咚把檀树砍，
    砍下以后放河岸，
    河水轻轻起波澜。
    栽秧割稻你不管，
    凭什么千捆万捆往家搬？

    我刚脱掉我的麻鞋，打算蹚过一条游动着小鱼的小溪。一块小石子砸在了我的臀上。不等我回头，就听见了嘻嘻的笑声。那个发上插着白色木槿花的姑娘就这样站在了我跟前。她紫衣绿裳，像一朵美丽的木槿花。看见我不是她等待的人，她噘着嘴巴感叹说：

    山上有扶桑，水里有荷花。
    没有看见美男，却遇上你这个傻瓜。

    我当然不是傻瓜，我是周王派出的采诗官。我告诉了她，她就那样用手指绞着发梢，瞅着我嘻嘻地笑。
    我坐下歇息，陪着她等她的心上人，掏出我的白色葛布把她刚才念的诗句写上去。她看着我写完，又让我念一遍给她听，见我没有篡改她的意思，就指着半坡上的一棵栗树，叫我黄昏时在那树下等她。说她晚上要带我去村里参加斗鸡节。

"如果你愿意写字，今晚你的白色葛布不够用！"她说话总是合着韵脚，像是唱歌一般。

告别姜，我穿行在掩映到胸际，被溪流分开的芳草甸子里，听见草地深处有隐约的男子的歌声：

东门外的山野，栗树掩着宁静的家舍。
那屋子虽就在眼前，那人儿却似很远很远。

忧伤的曲调叩击着我的心。我驻足在一丛荇菜边，掏出了我的白色葛布。

记录好这首诗已过中午，我找了块开阔地坐下来，吃我的午饭。我的午饭是两块荇菜饼。手上荇菜饼的香气和脚边那一丛荇菜的碧绿叫我联想到去年我在北边采诗时听到的那首歌，如今我已经会唱了：

关关雎鸠，在河之洲。
窈窕淑女，君子好逑。
参差荇菜，左右流之，
窈窕淑女，寤寐求之。

我对着芳草甸子唱。在我的歌声中，那个没在深草丛中的男子停止了歌唱。我猜他此刻在倾耳而听，就唱得格外动情。我不知道时间是否医好了去年我遇见的那个忧郁男子的心疼病。村庄牵绊住他们的心，我把他们的歌带走。

　　傍晚时分，在晚霞的剪影里我找到了那棵栗树，看见早上和我相约的姜。她果然在等我。

　　斗鸡节是一个由年轻人参加的狂欢节。狂欢节是由一群腿上绑着细麻绳的野雉的打斗开场的。这些野雉早上才落入猎人的罗网，这会儿野性十足，凶猛异常。斗鸡节有庆祝吉祥的味道。

　　斗鸡节也是给男女恋爱制造机会。男女对歌，舞蹈，唱诗，十分热闹。我此时才明白为什么姜早上会对我说，她担心我的白色葛布不够用。

　　落叶啊落叶，秋风将你吹落。
　　阿哥呀阿弟，你唱我来和——

　　舞鸡过后，男女对歌开始了。

　　啊呀好健壮哦，身材好高大哦。
　　面额高且广哦，眼睛闪神光哦。
　　步伐好矫健哦，射技可真棒哦——

这是女子赞美他心爱的男子的。

她的手指像柔嫩的白茅，
皮肤像光润的脂膏。
脖子像木虫儿白嫩细长，
牙齿像葫芦籽雪白成行。
轻巧的微笑露出酒窝，
美丽的眼睛像闪光的秋波——

这是男子赞美他心爱的女子的。

从春到夏，我脚步不停地行走在民间的阡陌上，如同蜜蜂飞行在花丛中一样。在某一处打谷场上，一眼泉边，总有新的感动走到我的眼睛里，停泊在我的心里。看得出来，村民们是喜欢我的，我每到达一个村庄往往会给村子带来一个新的节日，他们会备好酒，用过节时留下的半只风干的羊腿欢迎我。我甚至和许多个村庄的女子有了类似于爱情的感情，我对她们恋恋不舍，一如她们对我的缱绻温柔。可惜离别是永远的。

当第一片红叶出现在山头时，我将告别村子踏上返回王宫的大道。这一天，在村口，我又遇见了我第一天来时遇见的那个姜，她出嫁了，她要嫁到东门外的人家。

我站在大路上，望着那渐行渐远的姑娘，放声高歌：

走出那东门，姑娘像彩云。

虽然像彩云，不能乱我神——

　　一年一度的采诗结束了，我将回到王城，在一炬豆火下层层打开我心爱的白色葛布，整理那些散发着泥土和草叶气息的诗和歌，把它们一一铭刻在竹简上，刻下春天原野上花开的声音，夏天莘草里活泼的流萤，以及秋天果实坠地时的声响……

　　那些美好的气味和声音将伴我度过漫漫长冬，让我由比忽略那些穿堂而过的寂寞的冷风。

长安花

　　至德二年秋天，回到长安的玄宗看上去已全然是一个老人了，他满头银发，容颜憔悴，神情比那些闲坐言他旧事的宫女还要寂寞。他经常陷入很深的思绪里，听凭梧桐和三角枫的叶子在他身前身后簌簌地落，只有匆匆走来的小宫女的脚步声才偶尔惊醒他。那时他会慌张收起掌心的一个小物件，他脸上被打扰后的表情是一片不知今夕何夕的空茫。

　　他老了。不再是那个器宇轩昂，善骑射，通音律，有卓越政治才干的皇帝；也不见那个深情、至情、智慧卓著的男人的形迹。他现在只是一个阴郁、衰老的男人。他是孤家寡人，是落魄的太上皇。

　　他怕冷，怕天阴，他抱怨宫灯不够亮，又担心太过明亮了"环儿不敢来"。他喜欢月明之夜，他在夜深时登上高楼凭栏望月，月华如练，却叫他伤心，月亮钻进云里不肯出来也叫他伤心。他的心思坦白又曲折。他时常抱怨宫中所见都不是旧人，他看见记忆中某个场景里的熟人会有遗失了心爱又失而复得的欢喜。

是的，杨玉环，那个明珠一般的女人的玉陨，把他金子一样的日子全部带走了。

玉环十六岁那年邂逅英俊的皇子寿王瑁，懵懂中成了让人妒羡的寿王妃。四年的王妃生活，似乎只是上天着力要将她从蒙昧少女训练成丰美少妇。

公主府上一次偶然的晚宴，她成皇上眼中的明珠。

她跳胡旋舞，那是她最爱的舞蹈，她说那是可以在任何一个地方跳的舞蹈，可以在宫里，可以在树下，可以在旷野，可以在月亮和太阳上跳，也可以在男人的掌心上……

这一次，她把皇上的心当成了舞台。他被她的舞蹈深深吸引，他走下座席，亲自为她击羯鼓伴舞，他兴致勃勃，浑身上下每一寸关节都是激情，真是"头如青山峰，手如白雨点"。就这样，皇上和皇子妃你呼我应，琴瑟相和，演绎了一场盛大的音乐剧。那场演出震动了在场的所有人，那是大唐皇室一场旷古的盛宴，直到音乐和舞蹈戛然而止，所有的人都觉得自己的身体刚刚经历了一场酣畅淋漓之后从未有过的慵懒的幸福和疲倦。

她在皇上的安排下出家为尼。她也黯然，毕竟瑁对她是真心爱恋。可另一个男人的出现恰巧如一面镜子，照出这个朝夕相伴的男人在她心中的样子：他疼她、宠她，可她只觉得他像兄长一般好。而这个男人却叫她眩惑、好奇。就像她和他能演绎出跟任何人都无法演绎的乐音，他叫她内心深处生出光焰，她还看见光焰来处的那个地方，那是以往从未有人能够抵达的一块空地，现在那里一片虚空，只期待它的主人君临其上。

她像蓓蕾一样瞬间绽放，绽放成大唐帝国的长安花。

皇宫的事是复杂的，但对一个内心由衷地没有兴趣，不想闻也不想问的女人来说，复杂即是简单了。她对政治权术不感兴趣，不以为然。她说："我有这么多好东西了，再要什么呢？不要了，再多了没处放。"她说爱，她觉得每一个日子都是新的，她才不会担心自己的嘴会把爱说旧呢。月明星稀之夜，她遥望天河两边的牛郎织女星，问皇上皇宫里的女人和民间的女人谁更幸福，她自问自答，说像环儿和三郎就是不做皇上和娘娘也是好的。她说，她做农妇，也要在庄稼地里给皇上跳舞。而三郎，就坐在田陌上吹竹笛吧。她在自己想象出的情境里开心。谁都看得出来，那个心气高远的皇上发自内心地爱她、宠她、尊她。皇上感慨说："尔等爱水中鸳鸯，怎比得了我这帐底鸳鸯？"皇上还说："尔等说说，园中牡丹好，还是我身边这朵解语花好？"他时而说桃花别在妃子鬓边这桃花就是"助娇花"，在低头看妃子又疑惑到底是花使人娇还是人使花好？他言语风趣，笑声爽朗。

那时的皇宫生活像是乐队演奏到了高潮时分，停也停不住，只能继续欢乐。娱乐，游戏，创造。《紫云回》《凌波仙》《得宝子》《霓裳羽衣曲》。只有音乐，才能打破人间和天堂的界限。

又是一个细雨霏霏、梧桐叶落的深秋，玄宗从午后的睡中醒来，听见窗外两个宫女议论李白死去的消息。玄宗问："就是当年为妃子填《清平调》的李白？他也去了？久不闻此曲，你们谁还会唱？"

　　云想衣裳花想容，
　　春风拂槛露华浓。
　　若非群玉山头见，
　　会向瑶台月下逢。

一声叹息被他隐忍了很久终没忍住。

　　名花倾国两相欢，
　　长得君王带笑看。
　　解释春风无限恨，
　　沉香亭北倚阑干。

他竟然笑了。那是怎样明亮的久已难觅的笑容啊。

他后来说他想要沐浴，等宫女们伺候他洗浴了，他说想要抹一点儿瑞脑香，抹了香他再说："我睡了，你们不要惊醒我。"

他睡下了，再也没有醒来。

爱情鱼

庄子在下雨起雾的日子也要去河里捕鱼。寒冷的冬日也不例外。

庄子总能或多或少地带些鱼回来。

庄子的鱼很少自家吃，不是慷慨地送左邻右舍，就是用盐浸了，用绳子穿了，挂到楼顶上去。庄子的妻子说，她压根就烦那股味道。

我搬来剧团的第二天，有人敲门。门没锁，就被撞开了一道缝儿，我看见了一兜鱼，再就看见了一张瘦的、表情温厚的脸。那脸说："给你送几条鱼来。"

在不知多少次吃过庄子送来的鱼之后，也就认识了庄子的妻子梅子。梅子长得美。我感谢庄子的鱼，赞美梅子的美。我说庄子福气，娶了这样美的梅子。庄子笑声嘿嘿，脸上却无表情。我想，那要么是被赞美声宠坏了的极端的自信，要么就是一种与己无关的冷漠。

剧团冷清得门可罗雀。我这个编剧就整天看书、写小说。舞美庄子仍是一日复一日地扛了渔具去河里捕鱼。

庄子在妻子的抱怨声里把鱼穿到楼顶上去。那些晾干了的鱼随风摇摆，像经幡，像旗帜，又像是远逝的图腾，惹得附近的猫夜夜在楼顶上打架，把剧团冷清的夜吵闹得格外热闹。

一日，我去资料室找一份材料，在蒙尘的纸堆里发现了一沓剧照，其中一张就是梅子，穿着古装，在舞台上。比台下的梅子瘦削一些、妩媚一些。我拃着灰手把照片装进了口袋。

那天吃饭时，我问导演老徐："梅子演过戏？"徐导说没有。我让他看照片。徐导说，那是妙儿。我问妙儿是谁。"妙儿就是妙儿。"徐导给嘴里填一块馒头，再喝一口汤，咽下去，不理我。我也不说话，只盯着他的嘴看。徐导给我看得不自在了，终于说："庄子以前的女朋友，剧团的台柱子……"从徐导那里我知道了妙儿是杭城人。妙儿嗜鱼。庄子爱妙儿。庄子每天给妙儿捕鱼熬汤喝。贫瘠的北方小城总算有这样一条丰饶的河做庄子爱的牧场。妙儿快乐的汤碗里溢满庄子的幸福。人家笑庄子是妙儿的影子。庄子说，妙儿是他的太阳。

妙儿在一次文艺调演后鸟儿似的飞走了。妙儿是一只丽鸟。良禽择木而栖。妙儿飞向了更高的枝头。

没了太阳，庄子的天空是阴沉的。沉默中，庄子买了昂贵的渔具。捕鱼，成了庄子每天的课目……

多年后剧团去了乡下演出，庄子在如鸦的人群中发现了一张脸。那张脸如暗夜里的灯盏，照亮了庄子心中的黑暗。庄子带着那姑娘进城，团里人一片唏嘘，都说整个儿一个妙儿。

我后来再见梅子，就觉得她那张脸美得有些缥缈，仿佛是某一张脸的叠影。我知道这是我的心理在作怪。

倒是庄子，仍是平静地去河里捕鱼。或慷慨送人，或是把鱼用盐浸了，用绳子穿了，晾到楼顶上去。

那些鱼惹得附近的猫夜夜在楼顶上打架，把剧团冷清的夜吵闹得格外热闹。

我在这样一个被猫们煽动得充满了鱼腥味的夜里，忽忆起曾经看过的一首诗：

你走了以后
我把美丽的爱情鱼
养活在生命里

蓝瓷花瓶

那段日子对她来说，是一杯清清的茶。

新婚中的她，爱情是醒里梦里的一片绿洲。

有朋友也要走进围城。朋友送来了大红的请柬。她和丈夫商量了好一阵决定送一份礼物去。仅仅为了省钱，他们便没去任何商店。最后她说："就送咱家这只蓝瓷花瓶吧。"丈夫没听懂似的看她：她正看着那只蓝瓷花瓶，目光静寂得像夏夜的一片月光。丈夫知道蓝瓷花瓶是她最心爱的东西。

蓝瓷花瓶便送了朋友。在送完花瓶的第二天，他们便离开小城去了南方。走时仅带了几本书和几件随身的衣服，看看屋子，倒也没多少东西可带，带不走的和带着也没什么用的。

渐渐地，他们有了些钱，日子也不再如从前那般清贫。后来她和丈夫开了一间工艺品商店，专营一些美丽的仿古工艺品。

也许丈夫天生就是块做生意的料，他们的生意很好。她也渐渐迷上了瓷器收藏，常常宝贝似的在灯下看了这件看那件。她便常常跟丈夫提起那只当年送了朋友的蓝瓷花瓶。忙碌在生意里的丈夫总要几经提醒才能和她回到同一话题上。她便有了些痴，总是一遍又一遍地说，再也遇不见那样奇妙的蓝色了，还有那样恬静的白色睡莲，就像是一群栖息在蓝色湖波上的天鹅。她和丈夫说这话的时候，依旧是目光静寂地望着不可知处，只是眼睛里多了两片火焰。

那一年家里来信说母亲病重，想着店里眼前的一大堆业务，又想贫苦惯了的母亲一向总是将苦难和着粗茶淡饭吞咽下去，料想这回也依旧能抵熬得住，便想等忙过了这阵儿再说。她万万没有想到自己一念之间会铸成终生的遗憾。不久，一封告知母亲病故的电报将她击得昏天黑地。

他们回到不再有母亲的小城。和丈夫一起去看朋友，一进朋友家门，她一眼就看见了那只蓝瓷花瓶。朋友将蓝瓷花瓶放在漂亮的红木家具上。朋友夫妇一再感激婚礼时她送给他们那么美丽的花瓶。他们的话题反反复复地环绕在花瓶周围。而她，更是执着地如同一只扑向火焰的飞蛾。

后来她有事没事就去朋友那里泡时间。朋友不知道她心里的故事，每次都非常热情地接待她，说欢迎她这么忙的人经常来看她。

看得出朋友和她一样爱着那只花瓶。花瓶从未染上过一粒微尘。而朋友坚持不肯给瓶子里装任何饰物，即便是鲜花。朋友说：配不起。

这就让她那句话永远只能萦回在心里成一声幽幽的叹息。

她现在已有能力去买一件更贵重的礼物给朋友了。她甚至想过要用更贵重的礼物去换回那只花瓶，但她不能啊。

她再次去看朋友，和朋友坐在客厅的地板上谈笑。她借故去找一件东西，然后似乎是不经意地，又重重地拂掉了那只花瓶。

她不知道是怎样走出朋友家的，也不记得朋友都说了些什么。她看见一轮冷寂的月亮悬在中天之上。她站在一片月亮地里。她看见自己的影子在月光下是那样的寂寞，她缓缓地从口袋里掏出一块碎瓷片，就着月光，她看见那片瓷像一块残缺的镜子，又像是一团水珠。

她只轻轻地唤了声母亲，眼泪就如断了线的珠子，一滴滴落在洒满月光的地面上。

谁听见蝴蝶的歌唱

那天下午，我和母亲坐在门槛上摘豆荚。我看见一只硕大的蓝蝴蝶在我头顶绕来绕去地飞，就对母亲说："我长大了要做紫娟姑姑那样的女人，也要种一院子花，结出满园的蝴蝶。"

母亲以一记重重的耳光回答我。

我哭着跑上山顶那幢围着木栅栏的白色房子。我歪歪斜斜、气喘吁吁地扑进紫娟姑姑怀中，把我的眼泪抹在她素洁的衣衫上。我断断续续、抽抽咽咽地把挨打的始末说给紫娟姑姑听，我感觉紫娟姑姑的手在半空中僵了一下，然后我就看见她的眼中飞过一朵又一朵花，最后在一片碧空之上，就映出了那一院怒放着的花朵和花朵间翻飞如秋天风中树叶般的蝴蝶。紫娟姑姑弯了腰捧住我的脸，缓缓地向我那挨打发烫的脸颊吹一口气，再吹一口气……紫娟姑姑的呼吸芬芳如兰……

那满院散着香气的花朵和花朵间翻飞的蝴蝶把那个下午渲染得壮丽无比。那一年，我八岁。

但我是怎样地喜欢紫娟姑姑啊！她那白的脸，狭长的眉眼，永远素洁的不染一尘的衣裳，轻悄悄来去，一笑脸上就现出一片红晕的样子，实在比母亲、比镇上旁的女人都要好看。更何况她还有那样美丽的一园子花和那么多奇妙的蝴蝶。

我曾无数次地猜想过，假如没有那次相遇，紫娟姑姑会不会也像镇上所有的女人那样，为人妇，为人母，直到最后做慈祥的老奶奶呢？

但这一切，终于在那一次相遇后成为不能。

那是怎样的一瞬间啊！却铸就了紫娟姑姑一生的寂寞。

那时紫娟姑姑已经辍学在家，她是镇上唯一把书念到中师的女孩子，辍学的原因是母亲突然跌坏了双腿，卧床不起。

在陪伴母亲的漫长而寂寞的日子里，紫娟姑姑就日日在园子里种花。

说也奇怪，这些经过紫娟姑姑的手侍弄出的花都长得出奇地好。于是就有了那个开满了花朵、结满了蝴蝶的园子，于是就有了那一次相遇，也就有了让紫娟姑姑珍藏一生的那个美丽早晨。

当那个陌生男人突然站在紫娟姑姑面前时，紫娟姑姑是怎样地为这份突兀而慌张地停了正在浇花或是剪枝的手？而那陌生男子又是怎样的惊愕：他为追一只蝴蝶越园，没想到却看见了满园的蝴蝶，还有，那比蝴蝶还要美丽的姑娘。在眼睛对着眼睛的注视里，除了飞过花，飞过蝴蝶，还飞过一些属于心灵的东西吧？一份嘉许？一份来自灵魂深处的震颤？

后来的日子也许是紫娟姑姑一生最快乐的时光吧！在美丽的蝴蝶园，一场轰轰烈烈的恋爱就那样发生了。日子是简单地重复，他们除了相爱，还是相爱。

在某一天的早晨，或者黄昏，那男人不得不暂时告别紫娟姑姑离开一段时间，他要暂时回到他来的地方去了结一些事。总之，他们离别，只是为了将来长久地相聚。他们在美丽的蝴蝶园依依惜别。也许紫娟姑姑就是站在那一片鲜花和蝴蝶丛中看着自己亲爱的人一步一回头地从高高的石阶上走下去的吧？也许，紫娟姑姑那随蝴蝶一起翻飞的裙裾和长发是离人最后回眸中一张永远淡不去的图画吧？

故事的后来是男人一去再也没有回来。

有许多种说法。说男人是当年社科院的昆虫专家，因犯了什么错误而被下放到小镇接受改造，竟以研究蝴蝶为名诱骗良家女儿，就被召回去关押了。有说男人的确是昆虫专家，他在离开小镇返回的途中遇见一种罕见的蝴蝶，在捕捉的过程中不慎坠下悬崖。最后一种说法是男人无法离开他的妻子和女儿，最终无颜重回小镇畅游他梦中的蝴蝶园了。

我不知道在我已渐省人事而紫娟姑姑还尚在人世的时候，我为什么没有去追问紫娟姑姑故事背后的真相。我不知道我是不忍问紫娟姑姑还是不忍破灭自己心中的一份幻想。我宁愿相信那男子是因为追那只他一生只见过一次的蝴蝶坠落悬崖而无法去兑现他爱的盟约的。也许在他走向蝴蝶的那段时间里唯一所想，就是这只蝴蝶能换回恋人的一个笑靥吧！我愿意相信他们的爱情是穿越了有形的物质而趋于无形的。

许多年之后，当我在自己演绎的爱情故事里人比黄花瘦的时候，我试图去理解紫娟姑姑一生固守的爱情故事，于是我终于体味到了母亲当年那狠狠的一掐：母亲是怕我一语成谶。

我最近一次回老家，年迈的母亲坐在二十年前我们一起坐过的那道门槛边，神色戚然地对我说："紫娟姑姑半月前死了。"

我听了，除了心里飞起一篷蝴蝶之外，竟没有一丝的惊奇。

踏着高高的石阶一级级走上去，我走不进从前的时光里。

跨一道门槛，就站在了园子当中，没有紫娟姑姑素洁的影子移出来，只有满园的花香和那一只只花丛中翻飞如花朵如树叶般的蝴蝶飞起来迎接我。

在那一瞬间，我听见了蝴蝶的歌唱。

流　年

十八岁的戴淑芝老师就那么芬芳、那么好看地走在我们前面。有她在的地方，就连吹过耳边的风也能使我们心里清明。她往讲台上一站，全班十二个女生的愿望空前一致，那就是赶紧长大，统统长成她那样子。

她也说方言，但她的方言带洋味儿，有力量，铿铿锵锵，有一说一。不像我们讲话，咿咿呀呀，生气时像鸟吵架，表达喜悦时，也是鸟雀的叽喳。

她当然不是本地人，她来自"山外"。"山外"是一个概念，代表富裕、文明以及宽阔。"山外"是我们的远方，那里的天比我们的天宽，水比我们的水长，那里有"沃野千里"，有"骊山晚照"，有"灞柳飞雪"。这些，我们都没有。

但我们不久就不自卑了，因为她虽然从宽阔处来，但却是为了逃避，也就是说，我们的逼窄却是她的宽广，她看上去文明，却做了不文明的事情，因为她把一个可以当她父亲的男人当自己的男人了。我们努力想明白她这样做的理由，但是不明白，因此心里怨愤她。

但是她那么美、那么香，她往黑板前一站，她的精彩即刻让我们原谅了她。

有老师的引力在，上学就是件愉快的事。而且这愉快还在扩大，比如课余跟戴老师在后山采蘑菇、拾地衣，在学校后面的空地上栽葱。开始是栽很粗很高的葱，戴老师说，这种葱在她老家那边，能高过人头，可是在我们这里，一长出地皮就老了苗，尽是"筋"，没有本地葱的葱青与葱白，难看不说，味道也差很远。戴老师说葱不服水土，还讲了个"南橘北枳"的典故。戴老师只能接受我们本地葱，一两场春雨后，我们种下的葱就能上饭桌了。我记忆里第一道与葱有关的菜就是小葱拌豆腐，并且一见如故地喜欢上这道菜。那些随戴老师栽葱的劳作每次想起都生动如昨。戴老师是这样种葱的：先种两行，过半月，再种两行。葱们前赴后继，我们的饭桌上永远都有一道清清白白的小葱拌豆腐。

这道菜是我们通常可以跟她共享的美味。

被我老家的小葱拌豆腐和乌洋芋滋养着的戴老师，看上去比她刚来的时候似乎还要美了，白与红比例匀称地显现在她脸上，人也似乎胖了。我们评论戴老师的变化时，总喜欢引用我们的母亲爱说的话，"一方水土养一方人"。但她的胖似乎有些收不住，"呼呼呼"的感觉，她的眼睛依然大而清澈，她的脸像弦月般玲珑紧致，但她的腰却像要炸开的棉桃，随时都会"噼啪"一声，炸出一朵大大的花来似的。我们看着突然的变化心里糊涂，但大人肯定是明白的，因为他们再说起戴老师的时候，语气不像往常那样漫溢着好感和谢忱。

不久的一天早上，我们的学校走来一个像从电影银幕上下来的男人，那个戴礼帽、戴眼镜、穿风衣的男人跟在戴老师身后，穿过我们的教室，直接走进教室后面戴老师的屋子。房门在那男人身后，在我们的注视中，悄然关上。这使我们每个人的心里都泛起一种模糊的难过。

传说中的男人出场了，在这个开满南瓜花和牵牛花的清凉早上。那是一个瘦高的、半老的、的确可以当戴老师父亲的男人。

那个男人在当日下午离开。

现在我们知道戴老师的胖是因为她要当妈妈了。我们三两个离学校近的女生听从母亲的建议，晚上放学不再回家，而是跟着戴老师睡，母亲们叮嘱，要是戴老师半夜喊肚子疼了，我们就要赶紧飞奔去敲接生婆吴妈的门。

我至今记得半夜被拍醒的情景，暗淡灯影下，我看见戴老师蓬松着头发，穿着宽大衣衫，托着肚子在屋子里笨拙地走，我们纵横恣意的睡姿占去了整张小床，哪里还有位置留给她呢。

终于放假了，那个我们见过的男人再次来到，戴老师跟着他走了。我们惆怅地以为，她这一走将不再来。但是开学后第一节语文课上我们却看见她。她身体突然回落得窈窕和清秀，使我们有点惊讶，又心生欢喜。我们每天都以为她随时会走，再不回来，但她却好像真的是要长久地留下来，即便暑假，她也在空寂的学校里待着。

转眼秋天来到，我们小学的最后一年了。戴老师对我们的严厉像空气里的凉一样，天天增多，她的认真近乎执拗，我们钻进河堤的柳林捕雀，她就喊，喊不回就骂，骂回来了，她先是冷落我们，然后劝慰，有时会落泪，她一落泪我们就惊惶，为了她不再哭，我们下决心放弃柳林捕雀的愉快。

那个男人再也没来过，直到我们小学毕业那年，都没有再见过他。据说多年之后，戴老师的那个孩子倒是来过我们村子一回，听说那孩子已长成一个高挑的少年，瘦，白，腼腆，跟她妈妈不疏远也难见亲近。这些，都是我回家时偶然得到的消息。

而在这个少年出现前很多年，美丽的戴老师嫁给了我们村的技术员。

村子里最丰茂的那块玉米地是属于技术员的，他的工作似乎就是把一个个纸袋套在玉米穗子上，说是确保玉米种子的纯正，他在村路上遇见我们的时候，神情严肃，脸色难看，在擦肩而过时会猛然回头，警告我们说，那块大田谁也不许进去，进去的后果会很严重。他说"严重"的时候会举一下拳头，以表达严重的程度。我因此极不喜欢技术员，我连他时常进去的那块玉米地也不喜欢了。在我的两个不喜欢后边，我很悲伤地想，那么好、那么美的戴老师，怎肯把自己好端端的一朵鲜花，插在这样一堆黑牛粪上呢？

我在那一刻成了个悲观的人。

木匠的秋千

在我们那个傍山抱河的村子里，木匠阿梓活得像他屋后山上的风光一样景致无限。山叫桦树岭，长桦树、橡子树，还长槲树和槐树。春天，我们去那里撸槐花，一嘟噜一嘟噜的槐花悬在我们脸边，用它们的香气拍打我们的脸。夏天我们采木耳和蘑菇，采到木匠门前，遇上他在，总要摘树上的果子给我们，李深红，杏金黄，我们享受着木匠的赠予，赞美木匠是属木的。没有果子的季节，木匠就折花送我们，刺玫花。我们手捧鲜花回家，把花转赠母亲。母亲把花插在装满清水的玻璃瓶里，笑眯眯地夸赞木匠人好，手艺同样好，说木匠做的家具能用一百年。

木匠是手艺人，一个村庄都需要他的手艺。木匠出这户、入那户，打造出一个村子人家的家具。常常木匠走到哪里，身后总是跟着一群小孩，看他平复裂纹、修理疤痕、显露树的年轮。榆木、樟木、花梨木堆在他身前身后，刨花在他的手上开了，又开了。他一天天活在木色木香里。木匠是个惜材的人，大材大用，小材也会被他用到恰切处，木匠是木的伯乐。

木匠是活得最幸福、最了不起的人。我总这么想，我暗自愿望着木匠能把他的幸福和另一个人共享，比如木匠会在某一天早上醒来，在屋后林中鸟雀的婉转啼鸣中得到启示，愉快地到门前采了芬芳的刺玫花，用宽大的梧桐树叶包了，走到村小学，去敲我们美丽的、单身的戴淑芝戴老师的房门，去向她求婚。即便木匠不模仿电影里男主角的动作和台词，也会相当迷人，也能取得胜利，赢得戴淑芝戴老师那颗孤独高傲，同时又柔软脆弱的芳心。

我天天这样幻想着。让那个少小没了爹娘，又远离故土，像童话中的公主一样美丽伤感的戴老师，从此回到她公主的现实中。而木匠，也许正是另一则童话里被魔咒了的王子呢。现在，当他们遇见，魔法消失，爱苏醒。我相信这可能会随时发生的，你看木匠，他在出工或傍晚回家的路上，倘使遇见了戴老师，总会远远站住，侧身相让，微笑着目迎戴老师走近，低低地问候一声："戴老师早！"即便两人相遇是在傍晚，他也准这么说："戴老师早！"然后，要等到戴老师走过他身边，走远，不见，他才会重新挪步到路中间，接着走他的路。他会悄悄微笑，笑容里的安详和满足让看见那笑容的每一个人都会心生感动。

肯定你也看得出来，木匠和我们一样，是深深喜欢着戴老师的，但是，他怎么总不向她求婚呢？

　　偶尔我心里会闪出一个画面，美丽的戴老师高坐在木匠为她搭建的秋千上，秋千悠然晃动，使她衣袂飘飘，秋千的旁边，木匠家那株高大如树的刺玫正盛放着千朵万朵美丽芬芳的花，用一树香气为眼前的幸福生活唱着赞美的合唱。

　　后来的某一天，这个长存在我幻想里的画面在现实中复活，我真的看见一架现实中的秋千架在木匠门前，但是，秋千上贞静地悬垂着双腿的，不是戴淑芝老师，是木匠和另一个女人所生的粉嘟嘟的小女儿。

岁月深处的那一次偷袭

按辈分那条藤曲曲折折地摸过去，我们该唤他"爷"。但没人这样叫他。倒也不是他特别的不配，而是我们叫顺了嘴。唤他爷，不足以表达我们自己。

他的名字叫宽明。

于是，我们就"宽明、宽明"地唤。连刚刚学会说话的孩子都学会了这样。

村子依着河的两岸，鸡鸣狗吠，热闹得很。宽明的庄宅却在坡地上，独门独户的，灯明灯灭，很像是一只寂寞的独眼。自自然然地，他就划在了我们的生活之外。

在我们这群孩子生活之中的，是宽明家的果树。

村子里，每一棵果树都凋零得早，那源于我们手中各式各样的武器——竹竿、木棍、一棵急如投林飞鸟般的石子。

即使是在最细的树梢，最高的枝头，我们也要让谨慎的石块把它们一一地歼灭掉。谁让我们的肚子总是处于饥饿的状态呢！

我们用衣袖揩抹掉一滴在鼻尖摇摇欲坠的清鼻涕，睁大眼睛在每一棵树下巡逻，我们的眼睛是最精密的探测仪。希望到头来大都空洞着，偶然的惊喜是那些似是而非的树叶的欺骗。这时我们就会不约而同地把目光投向宽明的庄宅。

那简直就是一棵挂满了礼物的圣诞树，是童话中无所不有的乐园。

先是姐姐引诱妹妹："想不想吃又甜又脆的桃呀，还有金黄的麦杏？"姐姐的话没说完，妹妹的口水早就流出了牙齿之外。姐姐说："那就快去宽明的庄宅摘一些回来呀！"妹妹说："姐姐高，手长，姐姐去。"姐姐立即变脸："我们大了，万一给逮住，一骂，将来怎么见人呀！你们去，若给逮住了，就跑。绕着村子跑，别直接回家。"

我们还是去了。心里既害怕，又有一种做贼的兴奋。

从太阳地里一踏进宽明的庄宅，浑身的热气立即就被收束了去。树们像一朵朵巨大的云团罩在头顶。阳光斑斑点点地落在地面上，两间破旧的石板屋像只窝缩在阴处的甲壳虫。蹑手蹑脚地走过门口，只见被年深日久的烟熏黑的矮屋里，门口赫然一灶，靠里的山墙边，有一个肥阔的土坑，坑上堆着一堆烂抹布似的东西，有胆大心细者，轻嘘一声："没事，在睡觉呢。"

但我们还是绕到屋后，偷袭那里的树。

天哪！在屋后，杏像繁茂的谷穗累弯了枝头，见我们来，一穗穗迎风点头，而桃早都笑裂了红嘴，它们在齐声欢呼我们的到来。

我们短短的人生中一个最最幸福的时刻就这样到来了。我们如饥饿的蝗虫，被嘴边的幸福冲击得头昏脑涨。

一个炸雷当头爆裂，所有的幸福像遇刺的气球。

眼前站着雷神宽明。

小偷成了呆鸟。

目光被盯在眼前的这个人身上。只见他身材矮小，稍显驼背，眉浓而粗，面黑似漆，看我们的时候眼睛做微眯状，一种黑亮的光射得人脸发麻。如果再减去三十岁，他就是一尊贴在新年门板上的门神。

不知谁喊了一声，呆鸟一时警醒，就近射进了一片矮树林。

宽明也跳出了那种对峙。他折身跑向了村子。从村西头跳到村东头，又从村东头跳到村西头，他跑着号叫着，赶得鸡飞狗跳的。整整一个下午，把他遭打劫的消息散布到了每一个角角落落。

我们在林子里躲到天黑后回村。脸自然破了，篮子早丢了，我们最后得到的是姐姐们清一色的耻笑。

我们后来在放学上学的路上再见那个影子就觉得更加害怕。倒是他，却来搭讪我们，问："你爷好吗？你奶好吗？你爹多久回一次家？你家的地是你娘一个人种？"我们开始惧怕，后来竟成了不屑，我们不屑跟他啰唆，于是我们脚步不变地前进，留下他在我们扬起的尘土里独自犯傻、自言自语。

因为那时正是冬天，树上又没结着果子。

宽明后来死了，据说他大清早起来去挑水回屋放下水桶出门，就从门槛里栽到门槛外去了，从活人的门槛栽到死人的门槛里去了。

于是，我们曾伸出过兴奋的手指的果树下，鼓起了一个大大的土包，那是宽明的最后宿地。

那片孤独的庄宅彻底地荒芜了。荒芜了的地方，野草年年葳蕤，而桃花、杏花岁岁烂漫，再把谷穗似的果子悬坠在那片荒凉之上。

只是我们，再也没去偷过宽明家的果子。那是乡人的禁忌，活人不争死人的东西。

多年后我想，是我们，是宽明眼里近于天使的我们，给了那个可怜的老鳏夫一次在村人面前发言的机会，给了他一次宣泄不幸与孤独的机会，他其实早都在盼着我们去偷他那谷穗似的压弯了枝头的果子，只是他选择的方式稍有些不同罢了。

只是那时，我们没有能力，也没有精力去试图理解别的事情。就是这样啊。

做一场风花雪月的梦

盖青觉得自己是一位秦国女子。她刚刚跟荆轲比完剑，这会儿正要去寻找剑法无敌的哥哥盖聂。她穿着秦国的衣服，仗一把长剑，款款地走在秦国的旷野上。

春意明显地浓了，虽然早，草木依旧开始转绿，早开的桃花也已妖妖娆娆地绽放了，风吹到人脸上有了淡淡的暖意。

一行人出了王宫，其中走在中间的一人格外引人注目，此人身长八尺有余，魁梧健壮，额头高耸，双目长大，隆准虎口，其容貌并不漂亮，甚至可以算是难看，但却有无比的英武与威仪。自然，他就是秦王嬴政了。

不知是嬴政走向盖青，还是盖青走向嬴政，总之，这一天他们相遇了，在秦王宫外的咸阳古道上。

话还得从嫪毐说起，随着嫪毐在宫中势力一天天地增长，已直接威胁到嬴政的王权。扫除嫪毐，这想法已在嬴政心中酝酿很久了。这天秦王微服出城，就是约见李斯商讨对策的。

一路行来，秦王趁势向田间劳作的农人询问了一下旱情。已近城外，突然从路两旁跳出一伙黑衣刺客，刀剑出鞘，均是冲着秦王。众护卫奋力护驾，难分难解之际，只见一个蓝色身影如风卷来，还没明白是怎么回事，一群刺客就如落叶一般静伏在秦王脚下。盖青就这样站在了秦王面前。

一个声音脆脆地说："不知道你们为什么打架，只是看着他们鬼鬼祟祟地躲在暗处，脸上蒙着黑布，料想他们不是好人。"

望着眼前这个容貌美丽、剑法超人的女子，秦王心中无限欣慰，虎目中露出无限思慕。而盖青根本不知道眼前这个人就是秦王，她留意到他眼中一晃而过的惊喜，又见他神色中那无法隐匿的萧然，禁不住一抱拳："公子高姓？""嬴政。"声音一出口，连嬴政自己都吓了一跳，见盖青那里没有一点儿异常反应，也就放了心。

只听盖青问："看你也不像坏人，他们为什么要杀你呢？"嬴政神色更加萧然，道："这事说来话长，若姑娘愿听，可跟我们一起进宫，日后自会明白。"

尽管是初次相遇，盖青心中却有种说不清的牵挂，她迷惑于他脸上瞬息而变的决绝与茫然，还有他神情中的萧然。她直觉那是她十八岁的经历所无法破译的。但这疑问却牵绊着她，她要去破译那其中的秘密。

入宫已有好几个月了。当盖青心里明白那人就是秦王的时候，她并没有因此而慌张而惊喜。仿佛这是她出生以前心中就已明白了的。反倒在她心中不时会浮起一种说不清楚的忧伤。那忧伤又仿佛是镜中的雾，无法捕捉，无法驱逐。盖青觉得自己像他的一个侍卫，又像是他的一个知己。她听他向自己倾诉心中的苦闷，和他那统一六国的抱负。他活在苦恼中、矛盾中、挣扎中。他要和那么多的人和事斗，要和自己抗争。他时而激昂，时而消沉，时而暴躁如闪电迅雷，时而恬静如若静水。她看见过他兴奋快乐地绽放过孩子似的笑脸，又感受过他无法靠岸的溺水者般的孤独……

她越来越深地关注这个男人。他似乎总是在发愁，而且有那么多的事要做。他身边的人把他看成大王，可她只觉得他可怜。她又一次陷入这种思绪中发呆的时候，她听见他声音低切地对她说："不用为我担心，若是你小时候当过人质，听见吵闹声和马蹄声就吓得偷偷地哭，你就会知道，世上没有什么事是不可忍受的。"那声音让她的心发寒。她觉得自己的眼泪夺眶而出，打湿了他扶在案上的大手。

"假如活着，这一生必将和这样的男人连在一起，"盖青听见自己的声音低吟着，"成为他生命的一部分，以他的事业为事业，以他的意志为意志，承载他成功的快乐，也分担他失意的痛苦。"

月落日升，盖青依旧伴随在秦王身边，仿佛他的侍卫，又仿佛他的知己。她觉得没有人能理解他的软弱，他们都觉得他强大，包括那个总能看出他心中想法的李斯。

　　嬴政永远有做不完的事情。当然，在他看来，眼下最重要的，就是平嫪毐之乱。这计划定在秦王心中已经很久了，只是不到万无一失秦王是不会轻易下手的。

　　时机总算到了。

　　这是一个异常晴朗的早上，嫪毐被宣入宫。尽管有太后撑腰，嫪毐一向肆无忌惮，但面对秦王威仪，嫪毐不得不暗自小心。他早已作好了准备。万不得已之时，就来个鱼死网破。

　　漫长而短暂的过程定格在那一声"车裂弃市"的断喝声中。也许秦王还没明白是怎么回事。他只看见一个蓝色的影子扑进了自己的怀抱。只是一个瞬间，盖青就在秦王怀里奄奄一息了，她的背上插满了芒刺一般的东西。

　　秦王托着盖青的腰深深地跪了下去。他俯下他含泪的火一般光明的大眼睛紧紧瞅着她。她努力睁开她的眼睛，然而仿佛是承受不住他眼中的热力似的，她又合上了它们。她隐约听见他在她耳边说："我是要让你当我的王后的。"

　　她觉得一滴眼泪顺着眼角流到了耳根，他呼吸的气息在那里制造出一片冰凉。

　　"醒醒吧，盖青！"盖青觉得有一只手在使劲摇她。从梦中哽咽着醒来，见是自己的男朋友吴归，正俯在身边茫然地打量着自己。见她醒了，吴归半戏谑半嘲讽地说："又做什么风花雪月的梦了，挺动情的吧! 瞧枕头都快漂起来了。"又催道，"赶忙起来收拾收拾，我带你去吃麦当劳。"

吴归这几天不知跑哪儿去了，任她打爆了呼机也不回话，这会儿又不知从哪里冒出来了。

盖青听见吴归在外面发动车子的声音，转身朝里睡去。她知道睡是睡不着了，但她很希望就那样躺着。

如水一般的凉意淙淙着，从四周向盖青漫过来。

大师的袍子

在这样一个光滑如同绸子的早上，我突然有种不可遏制的，渴望亲手缝制出一件衣服的冲动。

先说衣服的质地吧。是用最自然、最环保、最适合人皮肤碰触的原料纺织而成。接下来呢？最初我是想要三宅一生的款式设计，请住在巴黎的手最巧的裁缝缝制。可也许这会使整个事情变得没有意义，所以，我决计亲手裁剪、亲手缝制。

让我再告诉你衣服的颜色：玫瑰灰。

至于成衣过程的漫长就不必讲了，也许一年，两年，也许更久远些的时间。总之，一个女子，在她一年，两年，或许更为漫长的青春岁月里，因为缝制这样的一件衣服而长久地俯下她明净的额，她也因此忽略了春花和秋月，可她一点儿都不觉得遗憾，反倒因为能把春花和秋月缝进一针一线，而体会着日子的静好。一针一线，一线一针，把蜂飞蝶绕、把日升月落都缝进她的针线里。她偶尔抬起因为长久俯视而有点苍白的脸，这时，如果你恰巧打量她，你会看到她眸子里那无所视又装满了整个世界的安详。

衣服在一个早上，或者深夜完工了。接下来就是漂洗。用被百草千花的花、叶、根过滤过的，汇聚在青石间的泉水洗。随后衣服会在晨光中被风吹干。在暮霭中被风吹干。在满月的清辉里被风吹干。然后，衣服走上了邮路。

衣服在某一天清晨到达了它的目的地——邮递员敲开了一扇门。邮递员说："先生，您的邮件。请在这里签上您的名字。"那个被唤作先生的人看上去跟邮递员很熟，他们的呼应看上去很默契。

他们果真是熟识的。先生每天都要收到这个邮递员送上门来的东西：稿费单。样书。编辑部转来的热心读者的信。有时候，他还会收到一些可爱的小礼物，比如一支夸张的卡通笔，一双印有好看图案的袜子什么的。还有一次，他竟然收到了一个女孩寄来的一只花卡子，因为一个记者采访他的文字里说他那段日子头发掉得厉害，为了让头发显得丰茂他就将头发留得很长，收拾得很整齐什么的。于是他就收到了那只卡子。收到就收到吧，他把卡子别在头发上，再有记者去访问时也不拿下，被记者拍了照片登出来，报社老总夸奖那记者：善于抓细节，拍了一张"与众不同"的照片，记者还因此得到了奖金呢。

还是说眼前的这一件邮件吧。

先生打开了包装盒子。他先看见了一个好看的绑着带子的纸袋。他解开了带子，一股混合了太阳、月亮、泉水、花草的香气让他心生感动。他从暴露在袋子边上的领子判断那是一件衣服，尽管这衣服的款式有点特别。

最后来说衣服的款式吧：是腰上松松地打一个结就能自在地穿上的那种简洁样子。领襟、袖口、口袋和腰带上有同色的绣花。按照准确的说法，我们该称之为"袍"。

非常自然地，想都没有想地，先生试穿了那件袍子。真是增一分肥，减一分瘦，合适极了。他想，是谁啊？谁寄来了这么特别的一件东西？是一个读者吧？

他后来总是穿着那件衣服写作。他喜欢穿着那件衣服写作。他穿着那件衣服写作，并且又写了许多的传世之作。

的确是一个读者。那个读者在游法门寺的时候看见过武则天给佛的供养：一件美丽的丝质裙子。一件绯红色的缀满繁复花朵的裙子。两千多年前的裙子，让她在两千年后的打量里感慨不已、遐思不已。也就在那一刻起，她打算要送一件有着特殊含义的特别的礼物给她心中的大师。

时光流逝，许多年就那样过去了。又过了许多年，大师的纪念馆要建。在决定保存大师的哪些东西时，一个办事员发现了那件袍子。办事员说："多特别的一件袍子啊！"办事员又说，"我们把它保存下来吧。"

于是，一个从未拿起过剪刀和绣针的女子一生里唯一做的一件衣裳，就这样被保存下来了。

　　我常常设想有这样的一件衣服，因为我，因为另外的一个人，而长久地存在于这个世界上。就算在我们两个与之有关的人的肉体消失后很久，依然存在。

褒姒

一个人太美了会是一宗罪，会被视为不祥。你相信吗？

褒姒相信。

褒姒出生的时候她的父亲以为会是个男孩，急切地去孩子的两腿间检视，旋即失望了。他哼了一声，又哈了一声，顺手把她丢回到兽皮褥子上。他离开时旋起的一角甲胄冰疼了她的腿，她本想哭一两声抗议与撒娇的，但立即打消了念头似的噤了声。她睁大眼睛，想要看清墙上的松石纹和一只羚牛的画角。但是她的父亲，那个英武威仪的族长，走掉后又回来了。他俯身向她，仔细打量她的脸，然后说出那句著名的话：这孩子是个妖精，她美得邪气，这不吉利。这句话注定了她在这个家族的命运。他离开时鬼使神差地又回了下头，这一回头，他只觉眼前一阵金花四溅，他从瞬间的晕眩里醒悟过来，意识到这异样来自她的笑，她对他笑。他踉跄着出门，像呼吸一样念叨着一个词：妖精。

这一别，他们再也没有见过。后来等她长大，他却战死了。陪他死去的还有家族的许多男人。活着的人像遍地燃起的滚滚烟火，这里一堆，那里一堆。

后来他们被穿在一根绳子上，成了俘虏。褒姒也是其中的一个。她穿在黑漆漆的他们之中，却像暗夜里升起的月亮一样光明。那个王发现了她。他喜欢她的美。喜欢是什么呢？喜欢就像把水从河里取回，装进罐子，放在火焰上，然后听水发出吱吱的喊声吧。褒姒这样联想。但她不喜欢那吱吱喊声，觉得那跟圈养的鼍被杀死前发出的声音相似。现在，她穿着华贵的佩环叮咚的衣裳，她习惯裸着的双脚被包在柔软的白狐皮靴子里，她的衣服和鞋子阻挡她到旷野上去。她不能再看到星星，她睡在鲜花环绕的高榻上，在整夜不息的灯烛的光明中，去亲近那个给她暖的男人。

但是这个美丽的女人似乎并不开心，王发现了这点。"你为什么不笑呢？你为什么从来不肯对我笑呢？你有什么不欢的？王有这么多的女人，但王夜夜只跟你在一起，王给你锦衣玉食，给你最好的屋子最好的床榻，给你王的身体，你还要什么？只要王有的，王都给你！"他看着她那张他怎么看也看不够的脸，决然地说。她看着他，有点惘然地看着他，摇头。她的眼睛像是两汪有着无限诱惑的深井，让他有跳进去的冲动。他当然要昂然地跳进去。

　　偶然的，他带她去看烽火台。春天的烽火台，野花和春草向着原野伸展，大地像一块锦绣毯子。天那么深、那么蓝、那么高。王看着山下坚固的宫殿、绵延的城池，得意扬扬。王向他的妃、他的臣民演讲他的雄心、他的壮志。她像每一次那样安静倾听，不打断，不呼应。但他住了嘴，他呆呆地痴痴地看她，他期盼了那么久，以为已经无望，却终于见到绚烂现在褒姒脸上。这让她的脸生动如一块稀世的宝石，光华灿烂，夺人心魄。他惊喜地缘着她的目光，想要探寻唤醒欢颜的巨大力量，他看见她的所见：一匹白马正从地心驰过，向着无限春色，向着天尽头，飘然而去。白马四蹄生花，万草为之摇曳。

　　现在，朝中的所有大臣都知晓王的心思，那就是想要爱妃的脸上重现宝石开花一般的笑容。虢石父来了，他给王出了个了不得的主意，要在骊山上把烽火点起来。想想看，烽火点燃了，众诸侯仗剑荷戟，急急从八方赶来，那气势岂是那匹奔跑的白马能够比及的？郑伯友也站出来了，他劝谏周幽王，燃烽火博得美人笑的实验万万做不得，想那烽火台是为了战时救急用的。这样嬉闹的结果肯定会失信于诸侯，为往后埋下隐患。王看着两个大臣你一言我一语，如看着两只公鸡斗。他常常看见这两只公鸡斗，早都有点儿腻了。他先是笑着听他们争，再板着脸听，却听出了心思，当年跟诸侯相约有战事以烽火为号的约定还没有机会一试呢，他倒要看看他在这些诸侯心中的位置，试一试他们的忠诚度，谁说不高明呢？

烽火点燃了。狼烟滚滚。风把消息带到远方。

王率领臣子、妃子在高台上观望。王感受到为王的威仪。王看见他分封的诸侯战马长枪、银甲鲜亮地到来，仿佛是他隐秘的虎威从天而降，拱地而来。王豪壮地大笑，呼应王的笑的，是褒姒脸上噼啪的花开声。王大为满意。王太满意了。王要将这军事演练进行下去。

这样的军事演练进行到第 N 次的时候，王没有看见他的后备军从八方来，但是这一次，敌人来了。敌人如洪水，势不可当。逃跑时王依然没有忘记他的妃，他要带她飞到没有敌人的地方去，但他们没有翅膀。王被流矢所中，他以手捂胸，感到疼痛的来处，他挣扎着找他的妃，她脸上如宝石开花的绚烂笑容晃花了他的眼，让他片刻忘记了他的疼和痛。

一别十八年

故事开始的时候她还年轻，但注定已老。

这个叫王宝钏的姑娘自小性格乖僻，长到十八岁更是叛逆异常，直磨得她母亲嘴边长出一句口头禅："这孩子是我们前世造下的业，今生我们是要还她的。"

趁着宝钏十八岁生日，宝钏爹千挑万选给女儿物色了一个乘龙快婿，想这礼物或许能改变女儿的乖张，谁知给宝钏听见，她当夜就出走了。

宝钏娘得知女儿和乞儿薛平贵公然同居的消息，昏死过去，醒来只说了一句话："我只当这个女儿死了。"

宝钏爹到底理性些。他暗中派人调查薛平贵，得到消息说，"薛少爷"和小姐在半年前认识，且说这"薛少爷"只是出身贫贱，长相倒是出众，武功更是了得，曾把一百个和他混战的乞丐打得落花流水，眼下正是那丐帮的头儿。

生米熟饭，王宰相只好命令家中管事给那一对小夫妻送去生活必需品，谋划着给这薛平贵谋个体面差事。

送东西的人归来说，东西被小姐当场散给了乞丐，小姐还说自己既然嫁给了薛乞丐，往后就不用父母操心了。

富贵小姐过得了乞丐的穷日子吗？我们有耐心看好戏。

但是，薛平贵走了。薛平贵带兵到西凉打仗去了。王宝钏来不及想薛平贵是否爱功名甚于爱妻子？她只想这肯定是父母的阴谋，就此把她和薛平贵分开，逼她回家！

回家？哪怕我寒窑等他十八载，我也要等他回来。

一语成谶。沙漏滴答。

让我们跳过十八年，继续听故事吧。

这天，时间跨进王宝钏和薛平贵分别的第十八个年头。只是故事里的女主角已经忘了时间，时间是个怪东西，你记着它，它故意缓走，慢得叫你心里发虚，还是忘了时间日子好过点。

因此，十八年后的这个早上，当两只喜鹊在窑门外扑啦啦飞的时候，宝钏根本没在意。天气甚好，她特意在怀里多揣了一个菜饽饽，打算今天走远一点儿，窑洞方圆半里地已见不到野菜的踪迹了，眼看夏天将要过去，还是多挖点野菜晾干储备过冬要紧。

当一队仪仗从原上过，宝钏只是扫一眼，又低头专注于手边的一株野菜了，从前她最敏感马队，年复一年，她怦怦着心跳迎来过多少马队？又无限失望地目送走多少马队？总不见她等待的人出现，因此，当这对仪仗喧哗着从她身边过，她已全然无心。但远去的这队人马里，偏就有归来的薛平贵。

当王宝钏的窑门被敲响的时候，王宝钏破口大骂。你不能怪她。这样的敲门声早年每晚都有，那敲门声还会演化成断墙边的狐叫，崖畔的狼嚎，她知道是那些乞丐。叫声只能逼迫得她坚固门扉。她恨不能把心里的坚硬挖出来给那些无赖看。

这个早上宝钏习惯性开骂："青天白日头，你贼胆能包住天吗？"她手里提着一根坚硬的枣木棍，呼啦一声拉开了门。

门外站着一队衣着光鲜的人马。那个威仪的将军正是薛平贵。十八年来的第一次，宝钏感到自己的虚弱，她脸色苍白地倒在门外那片阳光地里。

宝钏在一片光影中醒来，听见床边侍女连声惊呼："醒来了醒来了。"闻着满室香气，宝钏以为自己在做梦，或者死后进了天堂。

一个男人的脸挡住了一片光："我回来了，你的夫君回来了。"

"你真的回来了？"王宝钏听见自己在问，但她旋即被那暗哑苍老的声音惊吓住，再也不敢发声。在接下来的对视里，她同样觉得这个和自己隔着一根指头距离的微胖的中年男人，怎么看都不像是自己的夫君。因此她的目光仿佛冬天窑门外那覆着白霜的野地，僵僵的。

薛平贵嘱咐床边看护她的女佣："小心伺候夫人！"随即

消失在灯影之外。

三天后一个相似的灯影笼罩的夜晚，薛平贵像上次一样出现在王宝钏眼前，他庞大的身影挡住了光亮，把她的坚硬、困惑、冷漠挡在暗影里。其实她早能起床下地了，但她害怕下床，她不知道她的脚站在床下她能去哪里？她的手若不是藏在这锦缎的被子里，她的手能做什么？金碧辉煌的墙壁阻挡了野菜向这边蔓延，不挖野菜她就不知道自己能做什么。

盼他归来，她十八年的愿望今天实现了，她却忽然迷失了自己的愿望，此刻她的愿望是什么呢？听他给她讲行乞的种种奇遇？在那么多的奇遇里，他们两人的相遇才是奇迹，奇迹闪耀的光彩把破烂窑洞的夜晚照耀得璀璨亮丽，远胜过眼前这片光亮。

但是她不敢请求他，她担心一开口，前次那个喑哑苍老的声音就会从喉咙里冒出来，何况，眼前这个男人陌生到使她不敢开口，无从亲近。她只能木呆呆地看着这个人再次消失在灯影外。

在黑夜里睁大眼睛，却在白昼昏昏睡去，这是王宝钏的现在时。

当又一个夜晚降临，她睁大眼睛躺在那堆锦绣中难以入眠，终于想出使自己的脚和手解脱出来的办法——请你和我讲你打仗的事情嘛！就从那匹红鬃马说起嘛！你说，我听！像以前那样。

她担心自己忘了这好主意,因此她一整夜都在念叨这句话。因此当她听见远处似乎有马蹄声嘚嘚奔来的时候,她惊喜地跳下床,她连鞋子都忘了穿,赤脚跑到门外,果然见一匹马在星辉里奔来,王宝钏像一只鸟向蓝天展开翅膀那样,张开双臂,奋力向那匹马奔去。

夸　父

　　现在走来的是夸父。颀长、矫健的夸父。她长发、长腿、长手臂。她在大地上疾走如飞，风是她最亲的旅伴。

　　她的皮肤黑而结实，她颧骨上有太阳的红。她是炎帝族的后裔，幽冥神的孙女。像她的部族一样，她以单纯强烈的情感获得力量，一旦对某事某物动了情感，就会专注与忘我。从小获得的教化使她情感单纯，爱得无保留，恨得不顾忌，欢喜与悲伤都如无云的天空一般纯粹坦荡。

　　夸父随她的族人住在荒寒的山地，恶劣的环境检验生命的坚韧。她眼见着族人用冰水和药汁给初生儿沐浴，在这冰与火的考验中，体弱者在第一关就被拒于生门外，活下来的孩子生命强韧如淬火的钢，足以抵挡未来的磨难。

　　因为寒冷，他们生来崇拜太阳。他们寡言，却喜欢用歌声表达内心的炽热。所以夸父族人的嘴唱歌多于他们说话。往往歌者听见自己的歌声被荒野回应，不觉陷入长久的冥想。

夸父在这样的群体里慢慢长大。

现在，她是美少女了，她越来越喜欢奔走，似乎她热切的情感在她如风的行走中能够隐约得到释放。也只有奔走，她才能体验到内心像风一样的快意与自由。

这不，长发飘扬的夸父迎面走来了。你看她长腿、长臂，她投在大地上的身影也是颀长美丽的。她在两只耳朵上戴两条黄蛇当耳环，在双臂上套两条黄蛇当手镯。蛇身上的金环反射着太阳光，那光又照亮夸父的脸。她的脸，那么美，那么年轻，那么妖冶。

你看，万物仰首，生机盎然，肯定是太阳来了。其实最早感受到太阳的肯定是夸父美丽的大眼睛，但夸父看不见自己的眼睛，她只看见她手臂上的黄蛇，一点点亮丽起来，那明亮让看它的人觉得震惊。它总是用它惊人的妖艳迎接太阳。耳边黄蛇晃荡出的光晕使夸父脸上的太阳色又深了一层。她知道，太阳来了。她的太阳来了。

从春天开始，夸父就和太阳在一起了，他们在沼泽边的矮树林中相遇，那时夸父刚刚在林中发现了一眼温泉，她在里面沐浴、游憩。等她光艳地从水中站起时，她身上的晶莹水珠先自预报了太阳的到来。在巨大的照亮整个天空的光明中，夸父跌进泉水中，泉水因为太阳的照射而像水晶一样光明通透，又像沸了似的高高地激荡而起。如果有人目睹了这场爱恋，可能会用惊天动地来加以形容。

春天来了。这是夸父的春天。连泉边苍朴的桃树也在春风里脱胎换骨，开花了。大地上弥漫着桃花妖冶的香气。东山周围荒芜千里，杳无人迹，唯有夸父栖息的东山，是寂静之地唯有的绿洲。

在与太阳相处的日子，太阳温暖了夸父，照亮了夸父。她离不开太阳了，她依赖于他的温暖馈赠。但太阳总要在路上，总渴望把他的光热洒向世间万物，他说那是他的事业，是他看作和生命一样重要的事情。他一年只能对她亲近一次。剩下的日子，等待夸父的会是漫长的别离。这是夸父不能忍受的。她要随时沐浴在太阳的光焰与温暖中，她爱他，爱他赠给她的太阳红。她不知道，虽然她离不开太阳，但太阳可以离开她，他们的爱是不等量的。

她要追随太阳，他的行止就是她的行止，他的方向就是她的方向。他要离开，她只能追赶。她用尽一个女子所有的执着、阴柔和隐秘的反抗，追赶太阳，那才是她的生命、她的全部。

她不明白天为什么要黑，现在，没有什么比黑暗使她更无法忍受的，黑暗使她恐惧、冷、绝望。她只能往前赶，往前，趋近温暖，追随光明。

太阳，她有时候觉得离他很近了，近到她伸出她的长手臂就能碰触到的距离，但是眼前突然黑了，太阳了无踪迹，黑暗使恐惧、寒冷、绝望严实地罩住她。

对温暖的渴望使她陷入冥想。她取火取暖，在取火的过程中她流失维系她生命的水，让她的心里像装满了滚烫的沙子般的焦渴，焦渴催逼着她，她喝干了一条河，又喝干了一条河。可清凉的河水无济于她的焦渴。巨大的恐惧袭来，她向太阳伸出她的手臂，她呼唤太阳，她的呼唤从她无汁的嗓子里冒出来，像烟一般无力飘散，绝望中，她看见太阳的金斗篷在大泽边一闪，她看见大泽发出幸福的战栗，把太阳卷进泽的激情里。黑暗严丝合拢，只有风从旷野走过，发出深沉的叹息。她喝下的那些水变成了眼泪，眼泪流成了河。这个从来不知疲惫为何物的女子疲惫了，她的头在黑暗中无力地低垂，她的长睫毛深深闭合，如两道栅栏，像是要为她锁住眼里的不堪。

她耳朵上的黄蛇、手臂上的黄蛇脱落下来，钻进泥土里去了，她芬芳的桃木手杖压在她的身子底下，夸父无声，她死了。

后来有人路过这里，看见托举过夸父身体的那片土地上长出了一片茂密的桃林，绵延几千里，每当春天到来，桃花盛开，那场面，真是壮观无比啊。

焦尾琴

曹操年轻的时候胸有抱负却很不自信，他到处寻找能把脉自己未来的高人。曹操拜访桥玄，桥玄像玉匠琢磨一块璞石那样打量曹操半天，评估说："天下就要乱了，能够使乱世安稳的人，难道不是你吗？"

曹操拜访何颙，何颙说得更明白，何颙说："汉朝就要亡了，能安天下的人，只有你呀！"曹操心里欢喜，但还是将信将疑，于是决定拜访当时以识人著称却又十分傲慢的许劭。几番周折总算见到许劭，许劭赠给曹操一句话："君清平之奸贼，乱世之英雄。"曹操听了，又惊又喜。

蔡邕呢？蔡邕是当时闻名遐迩的大学问家、书法家、音乐家。曹操拜蔡邕为师，经常去蔡府和老师探讨天文、音律和辞赋方面的知识。蔡邕并不像桥玄、何颙、许劭那样评价曹操，某次曹操请教蔡邕如何评价自己，蔡邕竟然命侍女请出文姬弹琴，拈须沉吟，微笑面对曹操，说："且来听文姬弹奏的琴曲是何等的曼妙。"

这是曹操第一次见到蔡文姬，第一次见到那把传说中的焦尾琴，第一次聆听了曼妙的琴声，目睹了文姬的妙丽无双。

曹操再见文姬，却是十六年后，这是后话。

还说蔡邕，蔡邕越是不评价曹操，曹操越是想让老师评价，每每曹操有此期待，蔡邕总是用沉默应对曹操探究与期待的目光，他会默默把一勺滚烫的茶倾进曹操的茶碗，只说一个字："请！"

蔡邕越是这样，曹操越发敬爱他，只要在京城，就三天两头地带了礼物去拜望老师，谈论一回音律、天文或辞赋。从老师那里出来，曹操每次都感受到内心获得了一种难以言说的安静和满足，尽管那安静和满足短暂如白驹过隙。

蔡邕被董卓连升三级的消息传到曹操耳朵里，曹操只说了一句话："恩师休矣！"蔡邕果然不久被王允所杀，消息再次传到曹操耳朵里，曹操觉得自己的头颅像是钻进了一只马蜂，"嗡"的一声，让他在一瞬间恍然失忆，眼前现出一片灰白，在那片灰白的死寂中，曹操听见焦尾琴激越如马蹄的嗒嗒声，跳荡着跑向幽暗的深处。

马蹄嗒嗒，曹操醒悟自己正奔走在无处歇止的急行军的泥泞道路上。

奔走，杀伐。这是曹操的现实。他没有办法停下脚步。"君清平之奸贼，乱世之英雄。"每每这个时候，总有许劭的声音像号角响起。

某年秋天行军，看着大片茫茫伸展向天际的秋草；看着大风使草倒伏又顽强挺起；看着一群大雁从北方来，从头顶急急飞过，最后消失在南面的天际不见踪影……曹操把目光从那遥远不可知的惆怅中收回，大声呼喊军士前来问话，他问的是："可打听到蔡文姬的准确消息？"

建安十三年春天，曹操派使者周近带上珍贵的璧和华丽的锦出使匈奴，赎回流落匈奴十二年的蔡文姬。

曹操又亲点才华出众、仪表堂堂的董祀做蔡文姬的夫君，安排完婚事，曹操觉得心间一份压迫日久的重量被放置下来，他觉得满意与轻松，幻觉里，他似乎听见焦尾琴发出如水的清明长音。

曹操第二次见到蔡文姬是在文姬归来后的第二年。董祀犯了死罪，按律当斩。曹操正在府上烦闷，忽听门外一阵下人阻挡来宾的喧嚣声，曹操猛然抬头，就见一瘦削女子单衣薄裙、披发赤脚而来，如一片风中的树叶飘然匍匐于自己脚边，曹操脑海里再次蹦出久违了的焦尾琴激越的琴音，如初相闻。曹操沉声说："文姬请起身。"但那个身影依然匍匐于地，幽咽难言。曹操看见文姬暴露在裙边的伶仃的赤脚，心间猛然一抖，觉得自己的头就要炸裂了。曹操向外大喊一声："来人，拉我快马，传我赦免令，免董祀死！"

一天早上，府上人抬进来一个大箱子，说是蔡文姬那边派人送来的，说里面装着的，是丞相最想要的东西。

曹操在这个美好的早上得到的，正是他梦寐以求的、自己从前在蔡邕府上见到过的那些珍贵图书中的一部分。蔡邕府上的那些书籍早已在战乱中遗失殆尽，现在文姬凭借记忆，整理出其中的十之三四。曹操大喜过望，当即下令赐给文姬空青鸟纹锦十四匹。

曹操得到消息说，文姬已经随夫君董祀离开都城，去山清水媚之处隐居，不再回来了。

某一天，曹操翻阅文姬整理的书卷，慨然而叹。他忽然想起自己第一次在蔡府聆听文姬弹奏焦尾琴的情景，那首激越的琴曲，到底是什么曲名？他还想亲自问一问，坊间关于焦尾琴的那个传说：蔡邕当年路过吴地，见一老妇烧火煮饭，噼啪作响的火光中，有隐约的清越琴声，因此断定正在化成烈焰的柴薪是块不平凡的可以制琴的好木料，于是抢救出残木，做成了一把七弦琴。用此琴弹奏，琴声优美，无以言表。只是因为琴尾还留有火烧之后的残痕，故琴被蔡邕爱称为"焦尾"。

曹操很想当面问一问文姬琴的事，但是，她在哪里呢？

曹操再也没有听见过焦尾琴的声音。即便是在梦里。

不　归

吾家嫁我兮天一方

远托异国兮乌孙王

穹庐为室兮毡为墙

以肉为食兮酪为浆

居常土思兮心内伤

愿为黄鹄兮归故乡

……

　　我日日歌唱，不是因为欢乐，而是因为忧伤。家园何处？我是南望不归的人。

　　假如时光能够回转，让我循着来时的脚印缓缓回望，再次回到记忆中那个遥远的秋天。

那时，北方的匈奴已慢慢壮大起来。匈奴王呼韩邪单于就派使求见汉元帝，说欲娶汉美女为皇后，以此作为他称臣于汉的条件。消息在后宫像风似的传开来。后又听说元帝颇为踌躇，众大臣进谏说，汉正可以以此笼络匈奴，元帝于是就答应了。

元帝又怕真的挑走了美人，下令要拣后宫相貌最平庸的人去和亲。他令女官呈上宫廷画师毛延寿所画的后宫佳丽图，要挑出那个"最差的美女"。

也就是在那一刻，我对我飘摇的命运有了了然的把握。不知道为什么，我有这个预感。这倒不是我自认是那个"最差的美女"，这有王荆公《明妃曲》为证。王荆公说："……低回顾影无颜色，尚得君王不自持。归来却怪丹青手，入眼平生未曾有……"

让我再告诉你画师毛延寿吧。撇开那些不成体统的太监，毛延寿是我在宫中唯一见到的男人，他风流俊逸、聪明博学，以他精湛的画技深得皇上赏识，成为专为皇上画画的宫廷画师。毛延寿对我是一见倾心的，从我第一次走出屏风让他给我画像的时候我就从他眼中看到了那种叫爱情的东西。说实话，他是好人，只是我们相遇在错误的时间、错误的空间里了。这是我们两人的悲哀。毛延寿用他自己独一无二的方式爱我，他恨不能让我成为一个秘密，只收藏在他一个人心底。王荆公说："仪态由来画不得，当时枉杀毛延寿。"王荆公错了。非毛延寿不能，实不为也。

悲剧在那一天就注定了。毛延寿的爱情之花结不出果实，这一如我对皇上的爱情。也许你要反对，你会冷笑说对一个模糊得近似于影子的人的朝拜能算作爱情吗？我的回答却是，还有什么能够比对于由权力的石块所堆砌的、被众多的光环所笼罩的一个神秘男人的仰望和向往更叫一个女子心动的呢？这种痴迷的感觉我们不叫它爱情又能叫它什么呢？这种感情是由来已久的，在我幼年时那个游方的道士对我未来命运的预言里，早已播下了一颗神秘的种子。现在，它根深而叶茂，在它浓荫的覆盖下，我的心田长不出任何一棵小草。毛延寿懂得这些，只是我们谁也不肯为谁妥协、为谁让步。

我生命之中最重要的时刻总是在秋天。皇上要宴请那个叫王嫱的女子，他要用公主的礼仪让她远嫁匈奴。

我永远记得当我从屏风后走出，走到皇上眼前，第一次也是最后一次打量这个至高无上的、我用整个心怀爱着的男人时我所看到的情景，在我缓缓抬头注视他的时候，仿佛我投向他的不是万般柔美的目光，而是一把携毒的箭镞，我看见他用手护住了自己的胸口，我仿佛听见了他那一声无法呼号的惨叫。然后我看见伤痛如血似的从他的眼神里流淌出来，他的表情是那样哀痛而绝望……

我敛目低首，让泪潸然坠入我的罗裙，心中的爱恨交织成一张大网。

人生失意无南北。爱也罢，恨也罢，我从此只能沿着那条路走去，用我的美丽做盾，去抵挡住一个民族的强悍。

我从汉宫中唯一带走的，是那把伴随我多年的琵琶，让它伴我，在无尽岁月里。

许多年之后，我留下一个青青的冢。在谁的回望里？

琴　挑

　　那段姻缘如同白日的一个小寐，短暂得连梦都没来得及做，就醒了。醒了，她却是新寡的妇人。

　　文君又回到了父亲家里。父亲卓王孙开铁矿成为临邛县最富的人，家里的财产多得怕是连他自己也数不清，光童仆就有八百人。寄居在父亲的豪门里，吃穿自是不愁，而且父亲也极疼爱她，可她的心却穿越了这锦衣玉食的日子，在寂寞中，开成父亲豪门边一朵探头探脑的喇叭花。

　　春天来了，临邛的春天总是多雾，万物都笼罩在这如纱的烟雾里，像惆怅，像不知所来无处放置的心事。文君坐在窗前，望着满园春色，轻挑慢捻，一曲琴音便从指边如水流出："青青园中葵，朝露待日晞。阳春布德泽，万物生光辉……"她唱着，她看见梨花如雨，在琴音中静静地落："常恐秋节至，焜黄华叶衰……"

卓王孙家里这几天异常热闹，卓王孙一改往日家长的威严，连走路的姿势都变了，笨拙而夸张。办采买的小丁更是忙碌得像一只高速旋转的陀螺，小丁说，老爷要宴请一位神秘的大人物。

传说这位神秘的司马大人衣袖飘飘、风度翩翩，在大街上驾车行进时，目高于顶，视人如若无物。而他的那几个跟从，更是趋前忙后，倾耳而听，侧目而视，对司马大人奉若神明。更有深意的是那个平日颐指气使，威风八面的县令王吉也对他早也请安，晚也问候的，小心翼翼的样子不由让人心中装满蹊跷。

这蹊跷在卓王孙那里更是反应非常，一向八面玲珑做人，小心谨慎做事的卓王孙眼看着县令大人如此这般，就跟本县另一富商商议，一起去拜见司马大人，并由卓王孙出面为司马大人接风，顺便套套近乎。

几番周折，日期总算定了下来。

宴席就设在卓王孙家里，为了显示排场和诚意，卓王孙把临邛县有头有脸的人物都下帖邀请到了，共计有一百多人，一起来为司马大人做陪客。

到了宴请这天，卓家门前停车场上车马停了一大片，拴马桩早都不够用了。所有的人都站在庭院当中，翘首等待司马大人的莅临。终于眼盼到司马大人的豪华马车稳稳地进了院门，企盼的人如遇大赦，目光里充满了感激，刚才交头接耳、十分紧张的气氛，现在变得轻松而热闹，大家一齐鼓掌，为司马大人的风采而倾倒，果真是非凡人物呵。卓王孙更是觉得自家蓬荜生辉，脸上堆满受宠若惊的笑容。

酒宴开始。卓家的乐队开始演奏。所有的人轮番向司马大人敬酒，赞美的言辞在空中飞来飞去。酒酣耳热，司马大人也放下了初时的矜持，变得平易热情起来，大厅里一时和风畅美。这时，只见县令王吉轻轻捧过一把古琴，高高举过头顶，吟诗一般地唱道："听说司马大人您喜欢弹琴，我们恳请您在这欢乐时刻演奏一曲，哪怕我们不配欣赏您的音乐，您只当是您自己娱乐也成呵！"司马大人听着这等拍马的话，想要拒绝也太不合情理了，于是就半推半就地看着王吉把古琴奉送到眼前。司马相如屏气敛眉，指尖轻点，轻轻弹奏了一个过门曲子，引得所有的人热烈喝彩。

这时，只见客厅通往内室的一道门边，门帘轻摇，倩影一闪，司马相如机敏地用眼角一扫：好一个俏丽的女子！他的脸上掠过一丝不为外人察觉的微笑。

文君站在那帘子后面已经很长一段时间了，这段日子来，父亲的紧张勾起她心中深深的好奇，直到今天，她看见父亲和众乡绅对他的恭维，听着他们阿谀奉承的话，她禁不住在心里好笑，可她分明地喜欢眼前的这个风流人物，她打量他那张俊朗的脸，他那线条柔美、棱角分明的嘴唇，特别是从那张嘴里吐出的每一句话，真是字字珠玑啊，直打动到她的心眼儿里去。

她看见他的眼波流向她这边来，心里又惊又怯、又喜又怕，但她并不就此离开，她才不离开呢！这样雅致的人物，怕是踏遍了临邛的山水也再难找到，怕是用卓家的钱财也难求得！她在帘后轻移莲步，让裙子弄出细小的窸窣声。

想象着帘后的玉人，司马相如微微颔首，深情款款地送出一曲《凤求凰》，音乐和着歌声飘向那道深深垂着的珠帘：

凤兮凤兮归故乡
遨游四海兮求其凰
有一艳女在此堂
室迩人遐毒我肠
何由交结为鸳鸯

相如偷眼看那珠帘，但见人影依稀，玉人仍在，于是，相如态度更加虔诚，琴音越发大胆，歌声更加嘹亮了：

凤兮凤兮从凰栖，
得托孳尾永为妃。
交情通体必和谐，
中夜相从别有谁？

好一个"中夜相从别有谁"！

余音绕梁，不绝如缕……

回眸玉人所在，只见帘珠摇曳不止，一缕兰香芷气袅袅隐隐。

当夜，卓文君随司马相如私奔了。

桃花笺

从小我就被视为天才。在我八岁那年，以唱和父亲的一个句子开始：

庭除一古桐，耸干入云中。

父亲沧桑的声音背后，响起的，是我八岁的清凌凌的童稚之声：

枝迎南北鸟，叶送往来风。

我的才华得到了在场父亲同僚的喝彩。他们说："天才！神童啊！"跟众口称赞的热闹场面对应的，是我父亲的沉默。

母亲说，我的才华叫父亲显得忧心忡忡。父亲在我脱口而出的句子里，隐约看见我暗藏的命运。

我八岁的那个早上离我已经十分遥远，可我的命运，却像狐狸不能修行掉的尾巴，跟在我的每一个转身里。

父亲去世那年我十四岁。十四岁的世界里只剩下母亲，我以及我的才华。

才华是能当饭吃的。

诗词歌赋，棋琴书画。十四岁的我把我的才华兑换成沉甸甸的银子。我用这些银子养活自己、养活母亲。

就像农人下田干活一样，我也要去种我的田。农人带上他的锄头种粒，我携带上天赋在我身上的才能。

我的双手十指纤纤，它抚琴，掷棋，写字，画画。

看见我的男人由此爱我。他们爱我的才华，更爱我的身体。

但我不爱男人。这是命运对我的戕害。

不爱，并不意味我的生活里可以没有男人，因为说到最后，世界是男人的世界。

枝迎南北鸟，叶送往来风。我就是一棵卓然独立的树，我看见鸟从四方来，风向八面吹。

韦皋就是一只大鸟，他是一位能诗善文的儒雅官员，他来蜀上任之初，就听见一片叽叽喳喳议论我美貌和才情的下属，这议论叫韦皋好奇。"污泥里长出芳菲来啦？"他说，"我倒想要看看污泥里长出的这朵花到底有怎样非比寻常的味道。"

当他看见我，得知我的身世，知道我是官宦之后时，心生恻隐，破格把我从军士的营帐召到他的府上侍宴赋诗，把酒酬唱，极尽风雅。

我和韦皋来往了五年。和他的那些瓶花相比，我是一朵腐土上开出的生机勃勃的花，这自然叫他欢喜。可也是这花的生机，反倒惹他生气。一次韦皋和我斗气，就把我下放到松江那鬼地方。我再次知道我是不能跟男人认真的，我没有认真的资格。我也许应该忽视自己的心，我的行动是身体的行动。于是我就写了首《十离诗》给韦皋，比喻我离开他如同马离厩、燕离巢、珠离掌……我自比为狗，而他是我的恩人我的主。我不怕把自己说得可怜。果然，韦皋到底还是舍不得，又把我招回来了。

我在韦皋这一放一收里更加看清命运的叵测，我得为未来谋。因为我攒了些钱，我就用钱把自己从乐籍中赎出来，在幽静的浣花溪边买房住下。

我恍惚又找到了八岁以前的日子，我在住所周围遍种菖蒲。这水性的植物，它清凌凌的药香像一帖药，叫我内心安抚，心绪清宁。我侍弄它们，彼此守候，觉得只有它们能和我内心的孤绝匹配。

可我还是未能改变命运的轨迹。韦皋离开成都后，我和继任的节度使来往。我的脚步引领我的身体穿行在一扇扇朱门下，一次次完成我的词语之爱。

我四十二岁那年遇见了元稹，那年元稹三十一岁。因为在长安就多次听说过我的诗名，等他奉命出使蜀地时，就在很多场合表达了渴望见我的心思。

　　这位帅气俊朗的青年目光忧郁、内心骄傲，他的诗名和他的风流一样闻名遐迩。那一年元稹刚刚死了心爱的老婆，加之官场上的失意，叫他看上去一身寒气。几番周折终于见到了我，见面又分手后，他寄来一首诗，叫我看见他来自内心的赞赏和爱慕。

　　考量自己的内心，这个小我很多的男人并不叫我隔膜。我们有相似的童年记忆和经历。这个看上去骄傲坚强的人其实内心脆弱。我能看见他心里的荒寒。

　　枝迎南北鸟，叶送往来风。我不叩问命运的讥诮，却看见我的枝条在风中舞动，我听见叶子在歌唱。

　　菖蒲花开啊开啊，让我的世界弥漫花朵吉祥福瑞的香气……

　　爱情使人强大，又娇小。我发现我竟然会做梦了，爱做梦了，月下吟花，朝雨题柳，我看见自己字字珠玑，每一个句子的源处都是自己的心。

　　我也看见这个男人，他深藏于词语重重复复花瓣中的心，那其中的深情，我看见他时我就看见了我自己。这个小我十一岁的男人，他唤醒我做女人之于男人的全部情感，我像是他的母亲、姐姐、妹妹……

词语为媒，那些写在红笺上的心思看上去那样洁净美好，仿佛重生，犹如再世。

"老大不能收拾得，于君开似好男儿。"我们都极明白对方。那是一段快乐的时光，一段看得见日常生活之美的日月。

一次偶然的机会，我发现乐山特产的胭脂木浸泡捣浆，加上云母粉，掺入玉津井的水，就能制成粉红色的纸，纸面上呈现天然的纹路，清雅别致，叫人欢喜。我把我们的诗句誊写在纸上，根据诗词的长短，制成大小不一的诗笺。元稹看着这些，直感叹我是世间独一无二的女人。他称我们的诗笺为"桃花笺"。

也有黯然忽上心间，犹如灯影下花叶的暗影。

跟元稹注定终将分别。命运之神重弹他的老调：枝迎南北鸟，叶送往来风。

就算看透了生命的没有意义，我也得找出活下去的理由。我用华丽和明亮涂抹心中黯淡的底色。我越来越热衷于制造这种华丽的纸，看见不可言说的变化现于眼前，一如看见往日爱情降临心间。

我给元稹写桃花笺：

柔弱新蒲叶又齐，
春深花发塞前溪。
知君未转秦关骑，

月照千门掩袖啼。

我又写：

芙蓉新落蜀山秋，
锦字开缄到是愁。
闺阁不知戎马事，
月高还上望夫楼。

我听见时间的脚步匆匆如沙漏。

又一年，元稹在江陵贬所纳妾。得到消息时，我听见自己心中一根细细的线，怦然的断裂声。

我看见父亲怆然的一个转身，听见他留在我叵测命运里的叹息声。作为父亲背景声的回应，我再次听见我八岁的童稚之音：

枝迎南北鸟，叶送往来风。

如风一样吹过，只剩下耳根如死的静。在这寂静里，我的侍女锦儿，她跑进来兴奋地喊："又一池胭脂木就要变成美丽的桃花笺了。"

剑　舞

────────

　　她姓公孙，没有人知道她的名字。于是诗人唤她公孙佳人，而民间，更多地称她作公孙大娘。大在这里，即是第一的意思。

　　她是女子中的另类，虽然她也贴花黄，把发髻梳成时尚的模样。

　　她的职业是舞伎，教坊里以跳舞谋生的女子。她的舞也很另类，不是长袖广舒，她跳"剑舞"，手持两把短剑，舞蹈。

　　每天下午两点，西移的太阳照到第一根廊柱边的时候，她都会准时出现在红教坊外的高坛上。绛唇素袖，翩然而来，轻巧美丽如同传说中的那一只狐。那时，红教坊外的高坛下早已被前来看她跳舞的人围得个水泄不通。

　　人真多呀，真是人山人海，如鸦一地。人们挤挤挨挨，喧哗与吵闹声像浪似的拍打着筑台的柱子。等得她的到来，那声音倏地湮没了。仿佛潮水倒流回海，只留下沙滩上的寂静。静得屏气敛声，静得听得见银针落地的声音。

她在那片静寂中朝台下的某个不可知处轻扫目光，眼波流转，俄而嫣然一笑，两手提剑，悠扬而舞。

初时，台下的人还能看得见她手中寒光闪闪的剑，分得清她裙裾上的梅花，渐渐地，就分不清人与剑、剑与人了。只觉得有无数闪着光亮的线条在一团模糊的影子边盘旋萦绕，上下翻飞，随那团白影忽左忽右、忽上忽下，腾挪跳跃，就有忽明忽暗、忽远忽近的风声从四面八方向这里卷来，仿佛千军万马从远处包剿过来，叫看的人只觉森森然有冷气逼骨。

正在看客觉得脊背凉透，快要透不过气来的时候，台上霎时恢复到了初时的寂静。

再看台上，仍是那绛唇素袖的女子，白裙边点染着朵朵梅花，朝台下眼波忽地一个流转，兀自一笑，旋即而去。正是台上："霍如羿射九日落，矫如群帝骖龙翔，来如雷霆收震怒，罢如江海凝清光。"台下却是："观者如山色沮丧，天地为之久低昂。"

每天下午两时，西移的太阳照到第一根廊柱边的时候，她都会准时出现在红教坊外的高坛上，绛唇素袖，翩然而来，轻巧美丽如传说中的那一只妖狐。

照例是教坊高坛下黑漆如鸦的看客，只是这天，如鸦的看客中新添了一个烂漫儿童。儿童路过此地，儿童新近获得一把短剑，他爱不释手，在任何一个出门的日子都要带上他心爱的短剑。这天儿童偶然站在了这个台子下，被拥挤的人潮裹来拥去，使他不能够从容欣赏台上舞剑的女子，但那拥挤人群中的偶尔一眼，却震惊了这个孩子的心，并使他长久记忆。人们赶来，只有一个目标：台上舞剑的女子。这个孩子在拥挤的人群中，沉默如默雷，炽烈如青冈木烧成的火炭。

这是唐开元年间的一个普普通通的下午。

这个下午之后又过去了半个世纪，一个当年看过公孙舞剑的男孩在他五十六岁时回忆当初观舞的情景，他在他的诗里缓缓回望："昔有佳人公孙氏，一舞剑器动四方……"

时光缓缓回转，情景恍如当年。那个在拥挤的看台下、拥挤的人群中，被人群拥来裹去的，沉默如默雷，炽烈如青冈木烧成的火炭的孩子，就是诗人杜甫。

不 见

　　她死在风华绝代的年纪，她成了回忆者心上的一朵花。每一回眸，尽是生动。

　　没有比李夫人更自恋的女人了。如果风会说话、雨会说话，那从她耳边吹过的风，自她腮边飘过的雨，都会坚持这么说，这是一个顶顶自恋的女人呢。

　　这点，她的哥哥，那个著名的音乐家李延年就看得很清楚。他用他的歌给她画像："北方有佳人，绝世而独立。一顾倾人城，再顾倾人国。宁不知倾城与倾国，佳人难再得。"歌声婉转清凉，余音袅袅，有无限的美与惆怅。那一刻，音乐家也深悟了音乐的美，即在于永恒的难以企及，在于青春和美消失后的无尽惆怅。

　　凡人难以掌控自己的命运，他想。但即便凡人，也有去为命挣扎、尽力的必要。他要为她这个不该是凡人却脚踩泥泞的妹妹尽自己的力。因为他爱她、依恋她。他常常陷入冥想，觉得自己才是这世间唯一珍爱她、了解她的男人。这样想的时候他有点儿伤感，因为他是她的哥哥，她是他的小妹。他经常眼睛看着别处，心却在她那里，他的深情无法言说。他只能在他的歌里唱，他像是要用歌声宽慰歌中人，但他其实只安慰了自己。他用婉转悠长的调子把一个个喧腾又寂静的春天夜晚送走，虽然他的歌，恰像春天旷野上的长风，使被吹拂的人心里起了动荡。当然，他不枉是优秀的音乐家，是颇得武帝欢心的宫廷乐师李延年，他做的曲子他的歌，感动听者是经常的事情。

现在，他要把这歌唱给那个该听到的人听到。他要当她的脚，他要引领着她走，走到那人眼前。

那时，汉武帝的后宫佳丽多到一万八千人，但自从王夫人死后，却没有谁能得到武帝专宠。李延年觉得自己深藏的心思到了豁然开朗时。

一天，武帝在宫中举办家庭酒会，招李延年侍宴。待到酒酣，时机恰好，李延年起身，说要给皇上献上自己新作的一首歌，说罢起舞，边舞边唱。歌曰："北方有佳人，绝世而独立。一顾倾人城，再顾倾人国。宁不知倾城与倾国，佳人难再得。"

汉武帝招纳美女无数，却不料还有更优异的遗失民间？比如这歌里所唱的绝世女子？当时心里半是好奇半是怀疑，不禁叹息说："世间哪有你歌唱的佳人，哄朕不成？"在座的平阳公主揣摩到李延年的用心，粲然笑对，这样的女子她倒是见过的，跟歌里唱的不差上下。武帝急问人在哪里。平阳公主说，即是李乐师的妹妹。武帝更加好奇，恨不得即刻宣进宫来一见。

第二天，李延年的妹妹就进宫了。一见之下，汉武帝只说了四个字：妙丽无双。欣然纳为妃子，号李夫人。

由此后宫只宠李夫人，宫中无人不艳羡嫉妒的。一天武帝去李夫人房中，忽然头痒，就用李夫人的玉簪搔头。这事传出，后宫人人仿效李夫人，在发间插一把玉簪，使得长安玉价顿时高涨。

不料天有阴晴，月有圆缺，李夫人的后宫幸福生活只过了几年，却染病在身，无药可治，直至病入膏肓。武帝问医医无术，问天天不语，心疼难耐，每天必要去看她才觉稍安。开始李夫人见武帝来，还能哀哀切切，诉说恩情，往后武帝再来，李夫人决然以被覆面，不见武帝了，任谁劝说也没用。侍女不懂，武帝更不懂，俯下身来，轻言劝道："拒不相见，朕心难忍！"李夫人说："久卧病，容已销，不可再见，愿记从前。"武帝费尽口舌，终究不能见，心里万般惆怅。李夫人到后来知道自己活不成了，干脆令宫女把寝室里所有的镜子都搬走，让所有能照见人影的东西都远离自己，只求速死。她求死的急切似乎只有被深埋进黄土，那颗空悬的心才能放下。李夫人最后给武帝的留言就是：妾死后，恳请陛下万不可见妾遗容，这样，妾在另一世界才能不自贱，不惭愧，唯有感激。

武帝听了李夫人的遗言，唏嘘掩泣，悲痛不已。

汉武帝用皇后礼安葬了李夫人，命画师将她生前的美好形象画下来，挂在甘泉宫里时时怀念。

只有音乐不死，随李延年的歌声在时光里唱。年复一年。

有一天，李延年唱到"绝世而独立"那句时忽然咽住：他忽发奇想，若是她美丽的妹妹能活到老，她能容忍自己松弛的皮肤和脸上的皱纹吗？

他叹了口气。长长地叹了口气。

看星星的人

近四十的女人了，阿黄、阿紫、阿黛。现在她们相信有几个知己知彼、惺惺相惜的女友，比追逐男人可靠。她们不时要聚一下。一杯咖啡或茶，几块精致可口的点心，寻繁华大街上僻静的一角，就可以打发掉一个下午。城市很大，她们总能找到她们要找的地方。

这一次，她们去的是一家日本料理，紫藤掩映着小小的店门，清酒使她们脸染酡红。她们各自要讲一个自认为浪漫的故事。该阿黛了。活泼的阿黛一时沉默，仿佛潜入回忆的深潭里。

阿黛说，那一年。

那一年，阿黛在陕西南部，做关于南水北调中线水源涵养区生态补偿问题的调研，陪同他们做调研的，有个当地的宣传部部长，姓王。姓王的部长高大、帅气，多数时间沉默，偶尔说话，表情里有几分孩子般的羞涩和认真。

在草木茂盛的八月，他们沿着植被茂密、一江清流的汉江走，每一天都是景象万千。超乎平常的运动使阿黛的肌肉结实，脸上焕彩般地褪去苍白，代之黑亮有光泽的健康肌肤。

远离喧嚣的乡野使人心变得安详，当地人近似沉寂的生活态度，近乎原始的劳作方式，都让阿黛重新思考生活本身。沿着江，走到秦岭的最高处，上溯那条江的源头。日落黄昏，江上渔火，黎明时向着太阳飞的鹭鸟，彩云一般的朱鹮……被美好打动，阿黛感慨，其实上天对人是公平的，无论他赐给你贫穷还是富有，无论生于繁华都市还是荒僻乡野。

调查结束是又一个月圆时分，从未见过的一个又大又圆的月亮圆满得叫人心生伤感。当地政府热情相送，山里自产的菜蔬用了五星级的厨艺去做，每一道菜都像一个脱胎换骨的女孩，叫人不敢轻易确认。身微醺，心已醉。

阿黛在后来的回忆里确定，那天自己肯定说了不少留恋的话、抒情的话。但是有个人，把她的感慨记住了。

还说那个宣传部部长，他来给考察队的人送行，他把一个个好看的纸盒装进载阿黛他们回去的车里，说里面装着的，是那一带茶山上出产的富硒茶。很少喝茶的阿黛回来后把那些茶都喝了，她在茶的香气里把那五十多个日子又过了一遍，她仿佛又看见江上的雾气是怎样弥漫过那片美好的山水。现在，那些凝在茶尖上的露珠随着茶汁来到她的身体里。

也许过了半年，也许一年。一天晚上接近十一点钟的时候，阿黛的电话响了，是个陌生号码，但电话里那个人的第一句话说出时，阿黛就反应过来了——那个宣传部部长。电话里说："我就在你家附近，你要是愿意出来，我带你去秦岭看又大又亮灿若金币的星星。"

阿黛说"噢"，语气的平静超乎自己的想象。阿黛赤脚跑到阳台上，天空果真是晴朗的，但哪里有钻石一样的星星啊。他说："去了就看见了。看星星要到星星待的地方去。"

听到这里，阿黄、阿紫一声惊呼："那你去了吗？"

"去了。"阿黛的回答使阿黄、阿紫兴奋。没人追究阿黛是怎么去跟丈夫解释午夜出门的理由的，撒谎？还是说实话？我们知道的结果是，阿黛跟那个宣传部部长去秦岭峡谷看星星了。

风浩大、清爽，吹过皮肤叫人觉出皮肤的洁净。

全世界的星星都聚拢到这条深邃的峡谷里来了吧？他们仿佛无意走入上帝的金库，那些星星啊，仿佛是被风吹拢，又像是被魔女的扫帚聚合，又大又亮，密密堆积，光灿夺目，伸手可及。那是阿黛从小到大从未看见过的星星，阿黛幸福得有点儿晕眩。

听那个部长讲他童年记忆里的星空，讲在乡下外婆家度过的小时候，和那时就在他心里驻下的、从不曾离开的孤独感。什么是无限，人能抓住的又是什么？这个长大了的人依然会像小时候一样迷茫。

从始至终，他都没有告诉阿黛他从汉江边的小城开车到这里要走二百六十公里的山路，当他下到她家的那个路口的时候离他出发，四个半小时过去了，但他断定那是他带她去看星星的最好时分。即便是接上她他们还要再开一个小时的车进入山里。但行走过那段路程的阿黛能想到这些。

他在小城的傍晚里看见难得一见的云朵堆积西天，童年获得的观察天象的经验告诉他，那样的呈现预示着这个晚上会有最美最清澈的星空。他甚至从容地回到电脑前，在网上查看了她那边连日来的天气，然后他就出发了，他要帮她实现她的愿望：去看钻石般美丽的星星。

假如他在她家附近给她电话而她恰巧关机呢？那他可不就奔了几百里的一个空吗？他知道她住在那一带，但他根本不知道哪扇门是她的。这贸然听上去似乎荒唐，但这个人显然不这样想。即便他没能在那个夜晚带她去看星星，想来他也不觉得自己的行动是不值得的、是可疑的吧。但上天在这个夜晚回应了他的诚恳。

阿黛讲完了她的故事。

她看阿黄、阿紫。她看见她们眼里的蒙蒙烟雾。

小 店

我要送两位画家朋友去隐藏在大山深处的木王林场写生一周。

我们从城里出发的时候恰好雨后初晴，空气清新得似乎让我们觉得身体都变轻了，人快乐得像鸟，连车子也快乐得像鸟。我们一起鸟一般向森林飞去。

车一进山，气清景明，如行画中。等拐上通往林区的小路，山色更加秀丽，我们不断被眼前出现的一片山、一截河吸引，停下来看山，听溪流妙不可言的流水声，这样走走停停，竟大大延误了时间，不能按照预想的时间到达目的地了。

前不挨村后不着店的大山深处，除了上厕所方便外，想找一家饭馆却不容易。

被饥饿驱赶着，两位朋友一左一右地守护在车窗口，眼巴巴期待视野里能出现一个可以觅食的去处。

只见竹林流水潺潺，桃花、杏花、各种我们不知名姓的花一处处开得烂漫，却只是不见人家。

突然，俯在车窗左边的朋友大喊一声："有了。"

停车，只见一座木桥，弯弯地拱在一波清流之上，哪里有人影？朋友说："笨蛋，有桥的地方肯定有人家嘛。"

瞭望，果然看见一片青竹红花后面，隐约露出一截粉墙。

朋友直呼说："那是婴宁的家。"

眼光随脚步绕过几道弯，就寻至粉墙后面，见一溜屋舍，门开着，却不见人。喊了半天，边门里探出一个发髻光亮的脑袋打望，接着人走出来，是一穿蓝底白花布衣的女子。我们赶紧问："能否给些吃的？"女子笑盈盈，用手指指我们身后，我们循着指引的方向看，见我们来的桥边，一棵开花的树上，高高栖架着一捆干草，干草捆里挑一面小旗子，被阳光风雨漂洗，草有点儿发黑，旗有点儿泛白，我们猜想，那就算是草帚儿酒旗了吧？赶紧说："那就快拿些吃的来吧。"女子并不搭话，只抿嘴一笑，跑到院场边，冲对岸的山脚唱歌似的呼一声，声音在水面上打着水漂荡过去。

声音落处，稍一会儿，只见一点隐隐的红色移过河来。近了，是一位碎花红衣的女子，长得像四月枝杈间的一颗樱桃。见了我们，"嘻"地一笑，说她把牛和羊送到河对面吃草去了。说有鸡蛋菠菜面，问我们吃不吃。我们赶紧说："快做来吧，要饿死了。"女子又笑一声，挑帘进去。

说话工夫，三碗面潋滟地端上了桌子。有女子在旁，我们都绷着，文雅着吃，担心吃相太狼狈。

女子仿佛是猜透了我们的心思，只见她又是"嘻"地一笑，说，三碗面十元钱，走时放下就行了，她要去屋后赶着给蚕宝宝摘一篮桑叶去。说过，一拧腰出了门。

我们吃喝空了碗，把钱放在桌子上出门，我的两位朋友恋恋地说，回来时，还来这里吃这面。

去林场写生一个星期，朋友带着画稿满意而归，返回路上，我们凭着记忆一路寻觅，但是重重叠叠的大山的怀抱里，我们却怎么也找不到去时滞留过的那一家小店了。

我和朋友都觉得万分遗憾。

于是有人质疑，那家森林里的小店是否真实地存在过，而不是我们的虚构？吵吵嚷嚷，就有人想出检验真伪的方法，何不去画中找？两位朋友赶紧去翻检画稿。

画稿上有山、有水、有林子、有花和鸟，还有隐约在一截粉墙后的两个女子。朋友肯定地说："那家小店和那碗面的味道，是真的。"

就是嘛，不存在比存在还不真实。

雉 诱

谷雨前后，正是打野鸡的好季节。

在寂静的山坳里、坡梁上，野鸡的叫声此起彼落，把山里的春天叫得格外美丽。

这时的母野鸡却格外少见。老猎人说，母野鸡在产蛋、孵蛋。而这孵蛋，必须在极其隐秘的状态下进行。因为除了人，就是公野鸡，一旦发现母野鸡，就会驱赶母野鸡，并一一啄破被孵得温热的蛋。为什么呢？因为只有不孵蛋的母野鸡才会和公野鸡恋爱。

整个春天，老猎人走向群山的脚步声总会时时撞醒深草丛中那些一心一意孵蛋的母雉。它们一旦受到惊吓，就会迅疾逃离，且千方百计地将猎人引向远离窝巢的地方。母爱使它们变得既勇敢又聪明。而视整个群山为自家庄园的猎人，在春天里是不打母野鸡的。

这就为雄诱提供了可能。

诱雄的来历颇为复杂。先要找回当年的雉蛋，带回家让自家抱窝的母鸡孵化后，从中挑出小母雉，经过近一年的驯化之后，那只最伶俐、和猎人最默契的小母雉就会在来年谷雨前后被老猎人带着"出猎"了。

诱雄的出现无疑是山梁上最耀眼的风景。山梁上迅速响起一片"关关雎鸠"之声。

随着更多的公雉的到来，温馨和谐的场面立即变得躁动不安，因为公雉们发现，呼唤它们到来的原来是同一只母雉。战争无可避免。

公雉们为了爱情的战斗开始了。

先是歌舞，在一片祥和之中杀气隐隐。

公雉们翩翩起舞，它们五彩斑斓的长翎在空中盘旋交错，在阳光下闪动着彩虹般迷人的光彩。似乎连公雉它们自己也分不出谁高谁下。在被争夺异性的面前，它们一改刚才的美丽优雅，一个个又凶又狠。"好斗的公鸡"大概就来源于此吧。它们勇猛、拼命，即便鲜血淋漓，成为祭献在爱情高台前的牺牲品也在所不惜。

在公雉们酣斗之际，隐藏在树丛中的猎人轻轻摘下身边的一枚树叶，含在嘴唇边轻轻一吹，那只站在高处观望的母雉诱子就会顺着草丛快速跑回，一头钻进老猎人的袄襟，到那里安静地啄食玉米粒去了。

猎人扶稳他乌黑的长管猎枪，枪膛里装满了发烫的绿豆，只要一声枪响，就会有成片的公雉跌落尘埃，永远地垂下它们高傲的翅膀，它们渴望爱情的胸膛里便装满了世界上最圆的豆子。往往，老猎人一枪会打下十几只公雉，而侥幸活下来的公雉，会把这道山梁当作记忆中永远的伤心地，今生今世，不再回来。

在换过两三个山头之后，这只诱雉就再也吸引不来成群的公雉了。于是，这只诱雉就算完成了它的使命，老猎人又要重新培养新的诱雉了。

那失去诱惑的诱雉最终的命运如何，是被猎人或者别的人杀了吃掉，还是慢慢老死？我忘了问给我讲故事的人了。

而在人看来，这诱雉会于某一天幡然醒悟，为自己出卖了同类而负罪深深。或者它会因为心怀忧伤而在一个阴雨天悄然消失于野性的森林，再不回到人类那里去。

这瞎猜测更是没法求证，在打猎这件事业已消失日久，在猎人两个字都只是字典上的一个名词的今天，我又向谁人求证去？

琥　珀

　　燃烧时有香气，摩擦时生电。那个男人对我说："你的情感含蓄、智慧，有无比的亲和力，像一颗温润、吉祥、独一无二的琥珀。"

　　遇见他的时候是秋天，这个城市最美的季节。

　　遇见是一个好词，它秘而不宣，又充满暗示。仿佛一棵老松树的泪，滴下来，落在自己的命运里。光阴流逝，一颗奇异的琥珀在时光深处生长。

　　在相遇前我知道他是谁，但他不知道我。往好处想，这让我有一种"敌人"在明处我在暗处的宽慰。我像个特务似的收集他的信息。我预感迟早有一天我们会相遇。我被自己守望的方式感动，觉得古典又美好。我寻找那人留在尘世的蛛丝马迹。我熟悉他的气息如同他就在我指尖可触的距离：以一种柔和的面目出现，像火焰里的蓝色，像深山里青石上流过的水，像传说中稀世的宝剑那样敛着锋利。

他的存在如一面镜子，我在其中照见自己。我看见我在他那里变得心明眼亮。读他的过程也就懂了自己。

后来，一个大型的研讨会上，我们相遇。

到会的嘉宾都是知名媒体人、知识分子、批评家。他就在其中。

我从来都不是一个勇敢的人，面对自己心里敬慕的人，我通常的表现多半是沉默而内敛、凝望、思想而不表达。可这一次，奇迹在这里显现，我走过去，我大大方方地向他介绍自己。

这转变是上天赐我的灵感。

我看见他远离人群，站在幽暗会议室的走廊深处吸烟。他的样子看上去有些落寞，这叫他如同浮雕似的浮出周围热闹的气氛。他的背微微地躬着，他抽烟的姿势萧索而又懒洋洋。我看着他。然后我走向他。

我叫他的名字。

我看见他的脸上现出惊讶。他说："你怎么知道我？"我说："我知道你。"我看见他脸上露出更深一层讶异。我静静地看着他。我掏出我的名片递给他。在他接过之前，我照着纸上念我的名字。因为我的名字总是被初识者错念。虽然我预感这样的错误不可能发生在他身上。我看见他仔细看我的名字，收下。我立即说："我也要一张你的，来而不往非礼也。"我第三次看见惊讶在他脸上叠加。

他的表情叫我开心。我叫他看见我的存在，然后怀着温柔的心思退去。

我很久不去跟他联系，我内敛自己忽明忽暗的念头，对自己说：一切美好的生长都不是速生的。

我在心里默许，如果能够第二次遇见，我一定勇敢地对他说："我爱你。我一直爱着你。难道你一点儿都没觉得？"

两个月前的今天，我在我的城市再次见到了他。

我去机场，因为大雾，我乘坐的那趟班机起飞延点，也因为大雾，他要搭乘的那趟航班不能按时落下。一场雾，叫我们相遇在机场咖啡厅。我敛眉低首，感谢命运把他送到我面前。

我走向他。我没有叫他的脸上第四次显出惊讶。我对他说："我得感谢这场大雾，是这场雾替我挽留了你，叫我们再次遇见。"

我看见回忆在他脸上行走的印迹，我看见笑容像花朵开放，慢慢地，在他脸现出那样的一片明亮与温暖颜色。

我听见他对我说："嗨，是你啊！可你到底是谁呢？"

他说他在这个城市的公务已经结束，他说他如果留下来就只有一个理由。然后他就用那种沉思的目光打量我。

他退了机票。我把他送回到他刚刚离开的那家酒店。在酒店安静的咖啡厅，我像《一千零一夜》里那个需要不停讲述的山鲁佐德。我渴望我的讲述能使我战胜时间，战胜内心的不安，穿越黑暗，抵达黎明。我看见他在静静倾听，我看见温柔像光一样照亮他的脸，又像水似的叫他的脸看上去洁净美好。

"你几乎是从虚无处来，但是急骤、迅猛，瞬间抵达，到我近前的时候又柔和绵长……"他慢慢地说，努力叫我明白他的感受。

我看着他，我感觉自己的眼泪盈满自己的眼眶。我看见他看我的目光温柔如浩渺之水。

有一种生命是可以穿越时空的，那就是人的心智和灵魂，身体安静着，心却可以去寻找，它就像幽浮，载着我们的情感飞翔，让我们在相隔万水千山的时空中相互抵达。"这是生命的奇迹。"我说。爱就是在爱中找到爱。

我站到你面前的时候我就刷新了你情感的历史和现实。

这就是我要对你说的。我想说，爱情从来就是人世间最伟大的灵感，它的到来不被察觉，但是当它真的到来的时候总会表现出奇迹的形状。

牧　歌

————

　　水牛弓背在稻田里的剪影像半个太极图，水花四溅，牛往前一蹿，扶犁女人的衣角猛一甩动。青山。夕阳。汉江的清波一扬，弯转到山那边了。梨花在那一片灿烂如雪。李济一瞬间对这个陕南小镇生出柔情。

　　李济大学毕业，考上岚城的大学生村官。面对岚城的青山绿水，李济伸胳膊踢腿，莫名地兴奋。

　　来之前，李济在当当网上邮购了好几位三农问题专家的书，以备驻村时用。

　　第一夜，躺在窄的木板床上，听檐下的雀儿仿佛在对他说话："不吃你家的糜子，不吃你家的谷子，就借你家房檐抱一窝儿子……"李济哑然而乐。

　　村支书年纪可以当他的爸，工作中对他的照应倒像是爷有点宠着罩着他的意思。

半年后，来时带的两双李宁鞋犹新，但李济跟着老支书几乎吃遍了岚城百姓的家常饭，能听懂这里的百姓言，也糊涂着断过了几宗百姓案。带来的书堆在床头，长夜入睡前的无聊里翻几页，觉得无法和他每天遇见的现实参照，仿佛博导的教案印在了中学课本中，专家的书是大手中的一捆麻，李济的现实是要用手指分理那团麻可能忽然扭结的小疙瘩。书上的道理深远，书中的设想倘使能实现一二，那像岚城这样的村庄就能美成马致远的诗：绿水边，青山侧，二顷良田一区宅。紫蟹肥，黄菊开，归去来。真到那景象了，他李济一定要娶个本地姑娘当老婆，闲身跳出红尘外了。

疙瘩也许是东家的猪拱了西家的菜，西家的母鸡把蛋下到东家的鸡窝。类似问题一旦演变成两家主妇站在门前吵骂，就不能单单看成是猪或鸡的问题了。是人的问题。

人的问题得赶紧解决。东家的女人叫月桂，西家的女人叫月季，李济听她们自我介绍时忍不住乐。第一次月桂说月季的猪祸害了她家地里的五棵大白菜，刚刚包心的鲜嫩的白菜啊，月桂差点说月季的猪就是个老流氓。月季说月桂家的鸡跟主人一样无礼不要脸，把她家案板上的一盘冷面糟蹋了不说，还把一泡鸡屎留在那里示威。月季、月桂的对骂发展到第三次的时候升级到双方都成了个偷汉子的丑婆娘。眼见两个女人脸红耳涨，即将大打出手。李济猜想在岚城，大概偷汉子的丑婆娘是对一个女人言语上最大的攻击和侮辱了。双方还击对方的招式，似乎谁的声越高，谁就有胜出的可能，谁就能说明自己不是偷汉子的。

月桂、月季的家比邻着村委会，对骂总是在傍晚暮霭笼罩村庄上空的时候，李济假装听不见都假装不过去。高大的李济第一次去劝架，差点儿让两个女人拉扯到自己怀里揉搓，心里又惊又怕，再往后，干脆自己躲着，不听为好。

这一回，老支书在俩人的对骂中仿佛刚巧赶上似的走过来。站在那里一言不发地看着两个女人骂，在双方换气歇息的时候，老支书说："你俩骂累了吧。骂累了跟我来。"俩女人跟在老支书身后到了李济办公兼睡觉的屋子。老支书顺手关紧门，神秘得不得了，一边跟李济说："有酒拿来！"酒是有的，当地产的汉水大曲。一瓶酒分在三只大碗里，老支书看着月桂、月季说："我也偷人了。"

"您老笑死个人，您咋会偷人？"月桂、月季齐声说。

"偷了！"老支书有点儿惭愧有点儿羞赧地说。

"没有！"月桂说。

"咋能呢！"月季说。

见月桂、月季安静着不知该说什么的时候，老支书说："吓着了吧！我没偷，我哪有那个力气！"嘿嘿一乐。简直就是李济眼里的老嬉皮。

"我没偷人，我把酒喝了。"老支书说。一举碗，一仰脖子，酒下肚了，看着俩女人说："没偷人的就把酒喝了，偷了的不准喝！"

月季、月桂愣了一会儿，都抢着去举面前的酒碗。学老支书的样子，喝了。

老支书说："我看没有人偷人！都回吧。"

就都回了。老支书是背着手走的，两个女人是抄着手走的，大概因为喝了酒的缘故，三个人都走得扭搭扭搭的。李济真是看得目瞪口呆的。嘴里嗬嗬了半天，仔细回味去了。

长空一队鸟儿掠过："咕噜咕噜，咕噜咕噜，种瓜要得瓜，点豆要见豆……"

超市里的贼

　　每个星期三的下午，女孩都会准时出现在那家叫"逗号"的超市门口。

　　码满了琳琅满目货物的架子像一堵堵温暖的墙。女孩推一辆小货车随意地向幽深处走去。超市里的光线很好，每一件包装精致的物品都显现着比它们自身更完美的色泽，让拿起它们的手假使不是因为囊中羞涩是不忍心再将它们放回原处的。而这种窘迫在女孩看来似乎是不存在的。因为从她拿起货物的姿势判断她的生活相当优裕，她选择东西仿佛历来都有她自己心中的认定，动作干练、利落，仿佛她对那些品牌的特征与品性早已烂熟于心。

　　女孩一路从容地走进去，把她选中的物品准确地放进推车里。然而仿佛是十分的不经意的，女孩的两根手指轻轻一挑，一块心形包装的巧克力就被女孩装进了自己的口袋。

没有人发现这些。除了他。

作为店主，在女孩第一次这样做的时候，他就从经理室的监控系统里发现了这些。他当时觉得挺好笑的。他捕捉住了她那一瞬间的慌乱，他从监视器里看见她那像小鹿一般的眼神甚至在心中痛了一下。他认定她不是贼，他不明白自己为什么要这样想：是因为她超凡脱俗的装扮？还是她异乎寻常的美貌？他不明白，或许她的存在本身对他来说就是一个谜。

他一次次看着她从他的超市里买走价格不菲的货物，又一次次从他的货架上"拿"走那种心形包装的、价值十五元的巧克力。

"这真是一个谜。"他摇着头说。可谜底会是什么呢？他怀着一种隐秘的期待，却又不知如何才能探到她心中的秘密。他从未打算过去惊扰她，假使生活不发生意外的话。

但意外还是发生了。

在女孩再一次将那种巧克力装进自己裙子口袋的时候，他从监控系统看见导购小姐向女孩走过去了。他的心剧烈地跳动着，然后他看见女孩紧闭自己的眼睛。他快速从经理室走出来。等女孩在寂静中再次睁开眼睛的时候，导购小姐魔幻般地消失了。然后她看见了面前站着的他。

他冲着她微笑。在女孩的理解里，那笑更接近于猫吃掉老鼠前的戏谑。于是女孩冲着他昂了昂头，一副随你怎么发落的倔强在她的嘴角明明白白地挂着。可他开口所说的话却吓了女孩一跳。他说："不知我能否有幸聆听您心中的故事？"

他把一杯裹着水汽的茶轻轻地放在她的手边，那份轻柔拨动了女孩心中那根蒙尘的琴弦。

女孩的声音如同一缕掠过竹梢的风。女孩说："我不知道您能不能理解，我甚至自己都不能理解自己。

"我现在的男朋友非常有钱，他有能力为我买下几家这样的超市，可这并不能阻止我从您这里拿走那些巧克力。我不知道我是在跟谁赌，也许是跟我自己吧。我相信没有人会留意我，因为我总是选择最昂贵的东西，再说，谁会想象一个有钱人会去偷一块不值一提的巧克力呢？

"在我八岁那年，我的弟弟不知得了什么病，高烧烧得像一块火炭，当时弟弟想要吃一块糖，我就只能去代销店了，去偷一颗糖。结果你肯定猜到了。一个耳光扇在我八岁的自尊上。或许那一巴掌更应该理解为朴素善良的乡人对偷窃这种行为的深切痛恨与不齿吧。但在当时，它成为我生命中遭受的最大的羞辱。后来，代销店的大婶在知道了真相后送过来两颗糖，可是一生正直的爹当众把糖扔到了污水沟里，弟弟最后也没能吃上一颗糖……

"我不知道这能否成为我在您这里一次次偷走巧克力的原因，但假使有因果的话，那或许只能是这样了。"

说到这里，女孩长嘘一口气，仿佛嘘出了多年的积郁。女孩仰望他，目如寒星，而遥远的泪滴在寒星背后隐约。

终于，他起身给那杯渐凉的茶里添进热水，重新放回到她的手边。他说："对不起，我没想到会是这样的，但我们现在能做什么呢？"

他看见女孩长发一甩，认认真真地打量他。女孩说："我感谢您给了我讲出这个故事的机会。我甚至不能把它讲给我的男朋友听。我真的很感谢您，谢谢您的信任。"

他送女孩到超市门口，目送她在一地金黄的落叶间走远，那样子像是在送一个朋友，让刚才试图抓她的导购小姐脸上跌下无数的问号。

第二天，逗号超市的门刚打开，一辆白色奔驰就在门前停了下来，司机下车，搬出一个大纸盒子，说要找经理。

那个大纸盒子被摆在了总经理的桌子上。他打开，呈在他眼前的，是那种心形包装的、价格十五元一块的巧克力。

遇见红灯向右拐

他们从酒吧里出来，已经是凌晨两点钟了。车辆稀少，街道空阔，行人几乎不见，最后一班交警也早已下班。这样，他们才能把车子在街道上开得像是跳舞一样。

红灯亮起时，他却能及时刹住车子。让坐在旁边的她由此判断，他把车子开得扭扭捏捏，并不是因为喝酒的缘故，而是他想这样开。

等绿灯的时候他们都不说话，王菲的歌从背景音乐脱颖而出，满满地流淌在车子里：

"爱上一个天使的缺点，用一种魔鬼的语言……"

五个小时前，他们相遇在"真爱"酒吧里，一大帮真正陌生却又似乎能找到相熟线索的人的一次偶然相遇。一圈子介绍下去，一片啤酒瓶磕碰出的脆响中就彼此相熟了。

接下来不像开始那样喝得气势汹涌，改成了慢慢地喝。开始唱一些歌，有一些慷慨的掌声。后来似乎觉得彼此没有必要这样客气，索性想唱的就唱他的歌，想说话的只管说他的话，谁想干什么谁就干什么吧。

她挤过去找歌唱。他挪了挪屁股，殷勤地说："想唱什么歌啊，我替你点。"他不会点，她也不会。折腾了半天，她的歌出来了，是王菲的《流年》：

"你在我身边，打了个照面……"

她看着荧屏唱。他看着她的嘴唱。

停顿的时候，他就给她鼓掌。眼睛里全是笑，真真假假，却很明媚。

"你还唱什么啊？瞧我刚学会了点歌，总不能这样白白浪费掉了才能？"她唱完一首，他立即说。

她大笑。他就说："有合唱的歌吗？你说一首我们俩唱。"

她想了又想，老老实实地说："我记不住歌名。"他就点了《双节棍》。听原声。她嫌太闹，嘟嘟嚷嚷的，不知所云。

一首首唱下去。他会自觉或不自觉地把手臂伸过来，环一下她的肩，或是在她的头发上抚一把。

她感觉到了，可觉得没必要太认真。回过眼睛去看带她来的人，酒已经喝到七八成了。她偷偷看他一眼，说热，坐得远了一些。

他说："热？干吗不把外套脱了，你的身材也不是太难看！"

她想这人是怎么说话的啊，看他的眼睛，却见他并不看她，就赌气似的把外套脱了。他像是早都忍不住似的一笑："你早该脱的，这里这么热，你也不怕待会儿出去感冒了？"

她现在才明白他起身两次都是去调空调的，心里莫名地动了一下。

发愣的片刻，听见他的声音："等一会儿走，我送你回去，好不好啊？"

没有说好，也没有说不好。想，有那么多人，谁知道谁会跟谁顺路呢？在刚才简单的对话中她知道他今天下午才到达她的城市，他请他认得的朋友喝酒，朋友又唤了朋友，朋友的朋友连带上朋友就连带到她这里了。

她去了趟洗手间，出来就见他在埋单。见她回来，看着她的眼睛说："我送你啊！"

还是上了他的车。因为带她来的哥们儿也上了吧？他依次送他们三四个人，最后是她。

第三个人下去的时候，他说："你坐到前面来吧。"

"我没有要害你的意思。"他似乎笑了一下。其实她没有看见他笑，但忍不住这样去想。

"你坐到前面我觉得心安。"

"你可别指望我会带路。前面路口向南走，我还能说清楚，你要是走别的路我也许就说不清楚了。"她跳下去，坐到副座上。

红灯再次亮起，他说："下一个路口，如果还是红灯，我们不等了，向右拐。遇见红灯向右拐，你同不同意啊？"

　　有一瞬间，她想到了家，想到了床。她想这会儿要是能立即回家，洗个热水澡，躺在自己的床上，翻书到天明，是一件幸福的事情。很多个周末，她就是这样过的。可她却说："好啊！只是那样，也许我就真的不能给你带路了，你也许不相信，我经常坐车坐过了站的。"

　　下一个路口，红灯。他像提前预言的那样，立即右拐。车子开进了一条更宽的马路。几分钟后，又是一个路口。绿灯。他接着直走。直到再一个路口，红灯，他流畅地右拐，车子进入了一个窄小的胡同。他们看见胡同两边的梧桐树巨大的枝干俯压在道路之上，形成好看的穹门，不由得同声赞美胡同的幽静，生活在胡同里的人的安宁。

　　出了胡同，是一个小小的十字，没有红绿灯，他笑问她："往那里走啊？

　　"向右拐！"她大笑着说。她早已迷失方向，所到之处只觉得陌生。还有奇异的好奇吧。她从来没有以这样的一种方式在这个城市行走过。而今夜她终于知道这个生活了多年的城市竟然有这么多她从未到过的地方，有她不曾看到过的夜景、黑暗以及明亮。她觉得这个城市很大、很空旷、有些美丽、也有些粗糙。真是恍惚如同梦游一样。

　　这样拐下去能走到自己的家吗？虽然南北不分，东西莫辨。

可她却很想问他一个问题："你知不知道这个城市是一座四方城，不知我们今天这样转下去，转回原地的概率有多大？"

"要是能画出今夜的行踪路线图就好了。"她心里不无遗憾。

"要是越拐越远，拐到城外去了呢？"这种概率也应该是有的啊。

她是不讨厌他的，而他，分明正喜欢她，这就是他们听由车子右拐下去的理由吗？

有一瞬间，她觉得自己的身子疲惫极了。她的疲惫的身子充满了对床的渴望，她觉得他说话的声音越来越遥远，隐隐约约，如在梦中，如梦中人语。

王菲的歌在午夜里唱，叫人觉得唱的人和听的人都有一种微醺的感觉。她的脑袋只需要一个可供停靠的地方，它似乎真的找到了停靠的地方。一下子就踏实了，安宁了。

她是一下子清醒过来的。从他的肩头望出去，她看见一棵绿荫匝地的枇杷树静静地立在草地上，像她每一个晨出暮归时看见的那样，站在那里，默无一言，不惊不奇地看着她。视线收回，聚焦在他的脸上，她看见他舒舒服服地靠在椅背上，正静静地笑望着她。

车窗外面，是她家小区的一个路口，车子静静地泊在路的右边。

"我是不是睡着了？"她问他，突然觉得十分不好意思。

他嘴角一翘，算是回答。

王菲还在唱："紫薇星流过，来不及说再见，已经远离我，一光年……"

　　"你怎么知道我家住在这里？"

　　"喝酒的时候我问过你。"

　　"那我告诉你了吗？"

　　"应该是告诉了的。"

　　"可是，你今天下午，哦，是昨天下午，才从珠海来！"

　　"你的家又不在外星球。"

　　"可你还是叫我吃惊。"

　　他莞尔一笑。牙齿洁白，眼神明亮。

　　她看见在他的身后，太阳光把几片枇杷树的树叶照得亮闪闪的。

　　她跳下车。又回头冲他招了招手。不知道是说"再见"，还是说"你回去吧"的意思。

　　他冲着她的背影"嗨"了一声。

　　她没有再回头，一跳一跳地走了。

赶　花

　　管桩桩十七岁那年，管父以一个苍凉的手势作别了他十分留恋的阳世。管父是个养蜂人。现在，养蜂人死了,怎么办呢?管桩桩能做的，就是子承父业，做养蜂人。

　　父亲每年赶花的时间和线路管桩桩和他母亲都知道。虽然他们没走过那线路，但彼此爱着的人，心和心是相通的，一个人的行迹会在另一个人心里留下印记。那么多年，管父赶花的线路画在他们心上了。现在，管桩桩就是把心中的线路在现实中用脚勘踏一遍。他知道在那条路上，什么时间会有什么花在什么地方等着他和他的蜜蜂来。

　　一月底的时候管桩桩和他的蜜蜂到达荆州，荆州的油菜花早的，在二月就有开的，晚的，会开至四月，管桩桩在荆州待到四月底，五一前后转场至河南，平顶山、三门峡、陕县，在这段路程里，迎接他们的是一路的槐花。跟着槐花的脚步走，就赶到了山西高平，正是六月时节，高平的野生黄荆条花开得漫山遍野都是。管桩桩有时会给一个诗意的比喻，说那是大自然的心花一朵朵开足了。

时间很快走进七月、八月。河南的芝麻开花了，他们就折回去赶芝麻花。

阳光、花香、温暖，似乎还有父亲的气息，淡淡的，有一点点甜。管桩桩想，在路上，自己的脚印没准会和父亲的脚印重叠呢，自己这回搭帐篷的地方，是否正是父亲上回停留的那片地？这样想的时候，管桩桩心里会有一片朦朦胧胧的幸福与安详。

九月到来，管桩桩他们就不去更远的地方了，他们当然可以一年在路上追着花走，一年都活在春天里，如果他们愿意的话。但是，他们在九月要做的一件事，就是回家。管桩桩一直在说"我们"。我们，从前是他和他的蜜蜂，现在是他和妻子和蜜蜂。让妻子待在自己和蜜蜂之间，管桩桩心里的欢喜没法和外人道，但他就是这样排序的。从前，管桩桩回家是要看母亲，现在回家，是看母亲和自己四岁的儿子。

管桩桩在独自赶花的第三年结的婚。管桩桩觉得自己的心旖旎如四月的油菜花田，但他是多么腼腆、多么羞怯呵。倒是他的新娘大方、主动。她主动跟他说，她嫁给他，就因为他是个赶花人。她说一个赶花人，成天跟那些花啊蜜蜂啊蜂蜜啊在一起，他的脸虽然被太阳晒得黑里透黑，看上去远比实际老，可他的身体是年轻的，心透得像孩子。这样的男人不会对妻子不好，就算偶尔不好，也不过小孩子赌气，不是大事。管桩桩仔细看妻子的脸，又拿起妻子的白手翻来覆去地看，他觉得这个女人的话真英明，这个女人真了不得。

结婚第二年，他们一起上路赶花了。生活真好。管桩桩叹息一般在心里说。从前管桩桩听父亲说，做赶花人，就是"做神仙、做老虎、做狗"。所谓做神仙，是说养蜂人到了转场的地点，和周围村子的人关系打点好了，蜂箱卸好了，帐篷搭好了，天却下起雨来了，下雨蜜蜂采不成蜜，养蜂人没事干，就会穿着干净衣服去周围溜达，或者去另外的赶花人那里聚会喝酒，优哉游哉，仿佛神仙。做老虎呢？就是要赶场，要把蜂箱钉好装车，要卸车，在产蜜高峰期，要摇蜜，要起蜂王浆，忙得养蜂人跳着走，像跳老虎。至于做狗，是说常年颠簸的苦，到了转场地无处落脚的苦，在住户附近凑合的苦，不敢得罪地方上人的苦，活得跟个狗似的。但是，就算遇上这种种的苦，管桩桩都有心力去化解。自从有了妻子之后，他觉得自己简直有使不完的力。这点点烦难，算得了什么呀。

四月的一天，管桩桩在如海的油菜花田间忙着摇蜜，抬眼的间歇，看见一辆汽车一颠一颠地向自己这边开来，因为太忙，他没十分在意来人，他猜可能是来这里采风的艺术家吧，反正每年管桩桩都会和类似的旅游者、画家、摄影爱好者相遇。

那人倒安静，顾自忙自己的，停车，选地方，搭帐篷。

黄昏收工后，那人来到了管桩桩的帐篷前，主动请管桩桩夫妇喝了点啤酒，吃了点铁盒子装着的食物，管桩桩就用蜂蜜水招待来人，还挖了一大勺蜂王浆劝客人吃，管桩桩说："你吃了吧，保管你这一年都不得感冒。"第二天，当他们又忙着摇蜜时那人开车走了，只把一顶帐篷留在那里。

那人傍晚归来，果然带着如枪炮的照相机，折过管桩桩的帐篷，再次请他和妻子吃先一次吃过的东西，和他们聊天，问他们的收入，每年赶花的线路，零零碎碎的话。管桩桩问他是不是记者，他说不是。"那你是做什么的呢？"那人就在一个本上画了一座很好看的房子。"你是个盖房子的？"那人呵呵笑了，说差不多，是收拾房子里面的。管桩桩推测说："那你是个泥水匠了？刷房子的吧？这倒真是不像。"但是，就算猜错了又有什么关系呢。

第二天一大早，那人就拔帐篷走了。看着他的车子像来时那样一颠一颠地开走。"嗨，他倒是赶场赶得快呢！"管桩桩心里说。一个理想油然产生，并迅速生根，转眼枝繁叶茂。管桩桩想要一辆能装得下自己和妻子，以及五十箱蜜蜂的大车子。那样，在往后赶场的日子里，车子就是他们的房子，是他们在路上的家，车子的样子大概就是大卡车的样子，改装后一边摆放蜂箱，一边做他和妻子的起居间。

那时候，自己就开着这车，带着妻子和蜜蜂，在晴空下追赶着鲜花的踪迹，他们到达的区域将会扩大，他们要从海南沿海北上，要去云南罗平、贵州安顺、安徽歙县、江西婺源、江苏兴化、甘肃陇南、新疆昭苏大草原，还要去青海湖，去陕西汉中……那都是他听别的赶花人说过的地方，他们夸说那些地方的美，说那里的油菜花田是世界上最动人的风景。

开着那辆车，追着赶着，没准他们就把中国走遍了呢。

自从有了这理想，管桩桩觉得日子真是空前的美好。

银　婚

今天男人女人都休假在家，于是中午他们做了午饭，只等米饭熟就可以去炒菜。结婚二十五年，他们两个从不会做饭的人变成会做饭的人，甚至训练出一两道各自的拿手菜，比如，男人红烧肉做得好吃，男人每回盛肉到盘子里的时候都要先尝一块，然后立即给自己点赞，他说："哎呀，香死了，真是香死了。"肉油滋汪汪的，他夹一块到嘴里，忍住嘴烫，抿紧嘴唇，以防汁水溢出，之后嘴里呜呜着，连说："香、香，你尝、你尝。"他挑一块看上去形状和色泽都格外好看点儿的肉递到她嘴边，她有时候接，有时候不接，有时候说一句"挺香的"，有时候什么也不说。但这都不影响他做红烧肉的热情，不降低他做红烧肉的手艺。至于女人，她做的熊掌豆腐、西红柿炒鸡蛋他吃过、看过，之后亲自实践，使用同样的材料，学她做，却总不是她那个滋味。他这时候就会感慨说："还是你做的好吃。"至于女人做蒸面、包饺子，他每回端着碗的时候都要发出和吃自己做的红烧肉一样的感慨："哎呀，香死了。"

他们都在家的日子，做饭会比一个人在家的时候认真点，所谓认真，就是菜会多几个。谁炒菜呢？可以是男人炒菜，也可能是女人炒菜。如果是男人爱吃的肉多些，多半是男人炒，他一直认为她炒肉不香是因为她不爱吃肉，在心里排斥肉的缘故。他不相信好厨师会讨厌自己烹饪的食材而能把那些食材烹制成美味。某次他们去 57°湘吃饭，他恰好坐在那个为他们烹制的主厨边上，他准确看见厨师一边烹制一边吞咽口水的样子，他甚至能透过铁板上食物"吱吱"的鸣叫声而听见他咽口水的声音，一次又一次。他一点儿没笑话那个厨师，恰恰相反，那顿饭他吃得欢乐无比，他对那个厨师充满好感，对那个餐馆充满好感，就凭厨师那一下下吞咽的口水，他觉得这店的食材和厨师的手艺都毋庸置疑，吃罢饭走的时候他连连说不错，他说下次再来，带朋友来。对了，素菜多些的时候女人会去炒，因为她觉得他放盐太重，会减了菜本来的清鲜。

这顿午饭，有他爱吃的肉，也有她爱吃的鲜百合，荤素搭配比例恰是一半对一半，他去炒菜，或者她去炒菜，或者他们各炒一半，都行，但蒸饭的时间里他们争吵了，依然是过后需要回想才能想起的吵架理由，想起来了，也多半会在心里叹一声：无聊呀。

饭蒸好了，可他们谁都没有先去炒菜，他等了一会儿，又一会儿。不见她动，他就去炒菜了。炒好了菜，端上桌子，他喊她："吃饭喽——"她没理他。他就自己吃了。这个中午他吃了计划中的米饭，她等他吃罢饭，就起身去给自己煮了面，一碗清汤挂面。

晚饭前他们一直没说话，于是他们没法确定谁去做晚饭，谁做饭、做啥饭才会做到对方心里，能给彼此找到台阶，使得两人间的和平早一会儿出现。后来，眼看晚饭比平时晚出一点的时间，她用中午剩的米饭加胡萝卜做了蛋炒饭，蛋炒饭她盛在一个碗里，只有一碗，她正在吃。他去桌边看了看，就转身去厨房给自己煮了一碗面，近似于她中午的清汤挂面。

想一想，这一天，他们都吃了米饭和面。只不过他们的米饭和面一个在中午吃，一个在晚上吃。

这天很晚的时候他们还是一起去了楼下花园，散步。平时没什么特别的事情，天气也合适，他们都会在晚饭后去楼下花园散步，多年如此，成了习惯。惯性里做的事情，连他们都没有意识到。于是她换鞋下楼的时候他也换鞋跟着下楼。这一次，照例是他隔着一段距离抽了晚上的最后一支烟。尽管他每回都紧走几步拉开和她的距离，使得烟气不熏到她。但今天，花园花的香气香喷喷、湿漉漉的，对照得他的香烟味道格外鲜明，她怎能闻不到他的烟味呢，闻到了，在今天，她是不会说什么的。一个字也不说，心想，就这样吧。

就这样吧。

伊人寂寞

是那场突然降临的死亡出卖了她。

灾难降临之前，她是个不久就要当妈妈的女人。那时她的妊娠反应已经过去，对食物的热爱又回到她心里，睡眠也回到她的眼睛里，她的精神很好，看上去健康而强健，有旺盛的精力。生活很好，即使她的肚子高高地隆起来了，腰身的粗壮使她原来的衣服不再适合她，但是春天的到来却使她很容易打扮自己，她穿着宽松舒适的孕妇裙，看上去是那样闲适自在。

是一个周末，她要去郊外镇上看望一位女友。女友在电话里不止一次跟她描述小镇油菜花开的样子，麦苗儿青青菜花儿黄，那情景她是熟悉的，只是好多年没看见了。现在，怀孕使她从容起来，那就去看看吧。

她拒绝了丈夫的陪同，她说："离产期还早呢，没那么金贵，一个人去得了。"她心疼上夜班的丈夫，就靠白天的睡眠补精神，她不想叫他缺觉。

　　丈夫送他出门，随手理了理她耳边的头发，使她的头发更整齐。

　　他陪她走到巷子口，那里有一路公共汽车，可以载她去女友所在的小镇。他看着她上了公共汽车，他们相互挥手道别后，他就回家了。他睡觉。他的头一挨枕头就睡着了，一个完整的晚班的确使他疲累。他的睡眠一片黑暗，那里很少有梦。

　　他不知道正有什么在他的睡中发生。那辆公交车，载着他妻子和将要出生孩子的公交车被一辆迎面的车子撞到了路基下。他的妻子和他未来的孩子就在那一瞬间永远地弃他而去了。

　　他在医院里看见他们，准确点说，是看见他的妻子，他妻子的身体。

　　跟他谈判的是医生。医生说，她死了，在撞车的一瞬就死了，她撞坏了大脑，她没有痛苦。医生替他揭开那块白布，他看见她的脸、她的身子，她的身子和脸都是完好的，区别是它们现在看上去僵僵的，没了血色。他仔细地看她，他看见她的眼睛睁得大大的，那里没有恐惧，只有吃惊，像是看见什么叫她不明白的事情在眼前发生，从前他惹她生气时她多半就是那表情，吃惊无辜地看着他，看得他心软，把所有的过错自觉承担在身上，不管事情的起因怪不怪自己，他都甘心。现在，那样的目光再次出现在他眼前，他立即就有了承担什么的义务了，可这一次，他能承担什么呢？

"我们医院想买您妻子的身体，当然，这得您肯成全。"医生在说话，在对他说。

等他终于听明白医生的话，他的直觉反应就是把自己善于操持钢铁的拳头砸在医生脸上。但他控制了自己，他虽然活得粗糙，但这并不意味他缺少教养。

"我们很想把您妻子的身体留在这里，您不知道，这对医学研究，有多高的价值。"医生更加小心地寻找字词，生怕伤害了那做丈夫的情感。

谈判是艰难的。一个是刚刚痛失亲人的丈夫，一方是对科学秉承严谨态度的医生。

总之这桩谈判最后定下来了。那丈夫终因那笔他不再有力气拒绝的金钱放弃了他的坚持；而医生，一个视人体研究如同性命的人得到了那具人体：一个怀孕六个月的年轻女人的健康完整的身体。

据说，那个女人的身体用了世界上最尖端的技术，被栩栩如生地保存下来。

我是在一个名为"人体奥秘"的展览里见到她的。于我，那只是那几天众多参观中的一次参观，是一个不明就里就走进去了的一次观看。讲解的先生一再说，一定进去看看，这里有中国仅此一家的珍藏。讲解先生说的"仅此一家的珍藏"指的就是那个怀孕六个月女人的身体，她在这里有一个名字叫"惊鸿"。那是一个很诗意的名字，但在这里我看不见诗意，也因此怀疑，那不是她的本名。

讲解先生说了她的来历，她现在的身价，那是一个惊人的数字。只因为，她的遭遇的偶然性导致了科学研究价值的珍贵和奇缺。

时光过去了二十年（这也是讲解先生告诉的），她依旧保持着二十年前那一瞬发生时的表情，让她"永恒"的技术的确高超，她站在那里的样子大方周正，大睁的吃惊的眼睛叫她的表情看上去无辜而年轻。她的双乳饱满坚挺，鼓荡着生命力，她四肢和腹部的肌肉纹理结实有韵致，她孕育和护佑她婴孩的那个地方现在像一面永远敞开的窗，向遇见她的每一双眼睛打开她身体里的秘密：她是一个怀孕六个月的女人，你看她的宝宝多健康，仿佛随时都会在她的子宫里伸个懒腰踢一下腿似的。

我回到博物馆外，九月海滨的阳光明亮清润，空气里有青草的浓香气。我使劲摇头，想摇落那女人看在我记忆里的目光。可是摇不掉。

我再回头，看见明亮的阳光使博物馆待在黑影里。

那里，藏着科学的凉意。

江　湖

　　他的名字叫剑，他一出生就落在江湖里。江湖是什么？对于襁褓中的他来说，就是饿时悬挂在母亲的奶头上，饱了睡了在父亲的肩背上。他们行路诡秘，去向不明，今夜不知明朝醒在哪里。所谓人在江湖，身不由己。

　　江湖是父母的，也是小小的他的。父亲伟岸的背，显得他的身子格外地小，小如一朵蒲公英的种子。后来他真的就如一朵蒲公英的种子，被命运的风轻轻一吹，飘走了。他落在一个长满了野花和竹子的山坳里，他被一对狩猎的夫妇收养，他成了他们的长子。

　　这个叫剑的孩子一转眼长到五岁。剑五岁的时候我出生了，我的名字叫鞘。名字是父母赐的。我却一直不喜欢这个名字，觉得它的粗糙无法匹配一个细致、美丽的女孩。

剑十八岁那年，父亲带他出了趟远门，一个月后父亲和剑回来。我发现剑变了。最明显的是他的眼神，他眼睛里的世界跟我有着隔世的距离。在以前，这距离是不存在的。

母亲开始日夜不停地为剑做鞋，做衣裳，阁楼上闲置已久的纺车日夜不停地嗡嗡作响。我记得十天后一个日出前的朦胧里，剑跪在父母的脚前亲吻父母的脚，又站起来吻他们的脸。剑深深地鞠了一躬，然后背着母亲为他赶制的衣服鞋袜，背一把长剑，走了。

我在窗子里看着这一切，想不明白剑为何单单不来和我告别。心里很难过，也很委屈。难道剑不知道，我是深爱着他这个哥哥的吗？

我悄然出门，判断剑的去向，从小道追剑。我看见了剑，他踽踽独行，在早上原野的寒气里，孤单可怜，叫我心疼。我喊："剑。"剑回头看我。剑向我走来。剑说妹妹。剑再说妹妹。我看见剑四顾茫然，我想剑是想要留一件东西给我吧，可早春的原野一片空旷，剑找不到能留下来给我的东西。剑选择继续前行。

剑走的那一年我十三岁。

我十八岁的那年再次见到剑。回来的剑跟走时大不一样，他的言语更为金贵，表情如同霜冻，一身寒气，叫人难以靠近。剑几乎不说话。他只有动作，只有身体的行动，就算他在行动，我也看不见他的所思所想，我看不见他的心。只有剑看我的眼光是温暖的，那里有火焰，有光，有爱，有活的气。我很希望剑能一直这样看我，像五年前那样。

回来的剑少了一根手指头，他右手的小拇指不见了。

刚看见的时候我很吃惊，差一点喊出声。但我感觉剑看我的目光突然冷寂，我就忍住了。我想，那是剑的痛吧。

剑又走了。只是在一夜之后。

依旧是只跟父母告辞，一如五年前。

依旧是我抄小道去追，一如五年前。

我喊剑。剑回头。剑迎着我走来，剑说妹妹。妹妹。剑四顾茫然，早春的原野上，剑找不到可以留给我的东西。剑再喊妹妹。妹妹。剑说："如果哥哥能在五年后回来，妹妹愿意跟哥哥走吗？"

我听见自己的眼泪流下来，我听见自己说："妹妹愿意。"

"那哥一定会回来的，也许要不了五年呢。哥不会让妹妹久等呢。"我看见剑的脸上，异样的温情和忧伤同时出现。

差一天就是剑走后五年的一个早上，剑回来了。

那是一个奇异的早上，我看见一个身影在院门边出现，逆着光，却仿佛能把所有的光都能吸附到他身上，我知道是回来的剑。我奔向剑，我拿起他的右手看，那根缺了小拇指的手看上去小了很多。我再拿起他的左手看，剑的左手完好无缺。这让我欢喜安慰。我看剑的眼睛。我看见剑的目光里不再是火焰，而是一片浩渺之水。我在那片水里照见我自己的脸啊，像一朵粉艳艳的桃花。

剑把我搂到他的怀里，我闻到他身上有风的气味，美好得叫我迷醉。

等我再抬头时我随剑的目光看。我看见我们的父母，他们站在屋檐下，用我从未见过的欣然的目光看我和剑，我惊然地发现他们的头发灰白一片。

我在那个早上接受了剑，接受了我的名字。我明白自己为什么要叫鞘了，因为在这个世界上，有一个男儿，他的名字叫剑。

很多年后一个阳光照耀、春风吹脸、野花迷醉的正午，看着我们五岁的儿子树在野花丛里捉蝴蝶，剑对我说起他的江湖。我的剑，他依然言语金贵，惜字如金。在他的描述里，我看见那个叫剑的人以天为被，以地当床，闭上眼用凌厉的刀锋割断敌人的喉咙，微笑着面对扑面而来的杀气，不在乎伤痕累累的身体再添一绺新的刀痕……

剑说，他现在只想用他的肩膀把所有的敌意和伤害挡到远处。他只想用他拿惯了利刃的手，为我画眉。

开　往

阎子息办公室的对面是一座钟楼，钟楼的钟还在，钟每小时响一次，通常，当子夜的钟声敲响，而办公桌上的电话寂静着，阎子息就可以下班了。

关掉办公室里的最后一盏灯，她听见自己的方跟鞋踩过长廊的脆响，走廊两边的玻璃幕在午夜让人有眩晕之感，阎子息固执地不向里面看。她对自己的模样是自知的，即使此刻，依然香气淡淡，依然妆容整齐。她的疲惫在眼睛里，在鲜艳唇膏掩饰下的不鲜艳的嘴唇上。

从十八楼直抵一楼，飘然而下，头几年，总让她有天上人间的感慨。现在，她只有想要背倚住什么的虚脱感。

走进电梯，背靠里壁。在夜里，等待电梯门自动合上的时间似乎总比白天长些，独自站在一扇敞开的电梯门扉里，望着外边黑漆漆的楼道，那感觉叫阎子息心烦意乱。公司里的那个像麻雀一样的陈丫的声音总会突然响起：考你个脑筋急转弯吧。说一个人乘电梯，每到一层电梯的门都打开一次，每次电梯外的人看着门里的他却不进来，那人一路纳闷下去，心想，毛病啊！你不进来你按什么呀！

问题是外边的人看见里边人太满，站不下。

明明说是一个人嘛。

他一个是人，其余都是鬼魂啊。

从十八层飘然而下。牵着引力直抵地面的感觉让她片刻眩晕，她幻想自己在某一段是双脚离地的，她闭上眼睛，在心里默数，阎子息知道数到五十八下，在一声轻微的响动后会有一股畅快的空气吹到她的脸上，那是一楼大堂里的气息，不管在什么季节，永远都混合一股淡淡的玫瑰香。然后就看见大堂正中汉白玉石篮里怒放的花，第一次看见，阎子息就怀疑花是假的，果然花在那里一开就是这许多年。

睁开眼睛，她看见非此即彼永远年轻的保安在前台后面露出一个完整的脑袋，冲着她点一下头。

今夜，当阎子息数到五十八下时她没有闻到记忆里的玫瑰香，她闻到了一股地下室才会有的温暖、黏厚、滞重的气息，她睁开眼睛，没有看见往常出现在眼前的保安的脸，却看见从电梯敞开的门外射进的光束打在她头顶，她盯着那束光大概有半分钟，正当她忍耐不住打算把头伸到门外想看个究竟的时候，电梯门却突然关上，那突然吓了她一大跳，她觉得自己的身子猛然向上一提又一落，电梯门再次打开，眼前豁然开朗，大堂突然敞开在阎子息眼前，永远年轻的非此即彼的保安从前台后面探出一个完整的脑袋。熟悉的景象回到眼前，阎子息在电梯的顶镜里看见自己像一只壁虎贴在电梯壁上。

第三个晚上同样的情景来临，阎子息决定不再被动，在从十八层落下来的间隙里她大睁眼睛，只等电梯的门一开，她就放开喉咙喊："有人吗？"

她倾听外面的声音，似乎听见有轻微的脚步声，又似乎什么声音也没有。

在她努力识辨哪个感觉更为真实的时候，果真有人进来，是个男人。他带给她的陌生气息先他而来，叫她不由责怪自己对气味的过于敏感。她忍受着陌生气息的侵入，在心里生他的气，觉得自己因他而心生恐慌，尽管在这之前她不会承认自己恐慌过，可这一会儿他的到来恰恰验证了她正在害怕。

她退回到电梯后壁的位置，让他处在她前面，她觉得这样的位置是坏中的好。用眼睛的余光判断，他比她高出很多，但是，就算是站在他的后面，她也没有抬高目光从背后打量他，不是出于礼貌，也不是出于懒惰，是出于恐惧吗？可她却说不清自己的恐惧到底是什么。像昨天那样，当电梯并不在一楼停止而是直抵负二层的时候，当阎子息感觉陌生男子无声无息如一团拢着的气走进电梯的时候，她确信自己是在梦中的。她的身子突然地向上一提，又向下一落，电梯在大厅一楼豁然打开。那个男人先一步而出，阎子息提醒自己，那渐渐淡去的陌生气息说明他的离去。她看见大堂通往午夜大街的自动门无声地打开，又合拢。

"嗨！"

年轻的保安在对她喊，他大概不大明白她干吗站在敞开的电梯里望着空无一人的大门发呆而不走出来。她听见他的喊声，很吃惊这么久她竟然是第一次听见保安的声音。她很认真地向那边看去，依然拿不准这张脸到底是陌生的还是熟悉的。

又一个夜晚来临，当阎子息再一次站进电梯的时候，她努力挣脱想要覆盖她的深重睡意，她明白那人走进来了，又像是不想打动她，他依旧一进来就旋即把脸转向门的方向，让她想正面迎击他的企图成为妄想。

迅速提起，悬空，又迅速回复，阎子息知道到一楼了。

阎子息紧跟着那人向外走，她看见他的衣服一角在空气里一掀一掀的，让他的走姿极富动感，等她眼看在自动门边靠近他的时候，门却在他的身后她的前面水一样地合拢了。门再次滑开。她赶出去，看见他已经走到了马路边上，夜风把他的衣角更大幅度地向两边吹，她觉得他站在那里的样子十分飘摇。他停在斑马线前面，那道斑马线她是熟悉的，数不清的午夜，她独自走过那道斑马线，在马路对面挡一辆载她回家的出租车。也因此，她猜测，他是要顺道北去，还是像她那样走到马路对面向南去呢？她向那道斑马线走。

　　她向他站着的地方走，但她却看见他倒下去了，他倒下去，在她的注视里，就像一个慢镜头。她想用最快的速度赶向他，却阻止不了他的倒下……

　　他摊在地上，像一个不成样子的影子。凉风吹来，阎子息闻到空气中热热的咸腥气。她的眼泪委屈地掉下来。

与比尔同行

　　一切靠自己。这句话印在《犟驴》登山手册的封面上。设备自备；保险自买；责任自负。紧接着的这三句话像是前一句的余音。但这并不构成阻碍，越过夕阳西下静默的群山，我只看到被夕照照亮的嘎日山迷人的峰顶。

　　我曾和我认识的登山者探讨登山的话题："为什么登顶？"

　　"无限风光在险峰嘛。"这个人打着伟人的哈哈，但他的感受显然和说这话的伟人不同。

　　"主峰浓缩了山的精华。"这回答好像具体了点。

　　"从山顶俯瞰，看有骨骼的山，会增加人的骨气。"有一次，一个人对我这么说。

　　"人往高处走，本性使然嘛！"

　　"那又是怎样的本性呢？"

　　那个被我问的人没了答案。

这次，我决定和六个登山者一起登上嘎日山的峰顶，我渴望自己能有一个答案。

按俱乐部的规定，带着头灯和手电，带着睡袋和棉袄，带着雨具和蛇药，带着大量的水和少量的食物，带着两百块钱放下银行卡，我与他们集结了。

一黑脸男站在队列前开门见山地宣读手册上的一段话："所有参与者需本着对自己生命安全负责的态度；所有参与者即视为自愿接受本次户外活动可能面临的全部风险，并愿意独立承担可能发生的风险后果。"

随后，黑脸男用一篇外国小说做启动仪式发言。为省字数，我代替黑脸男，用最少的字介绍这位美国作家杰克·伦敦的小说《热爱生命》。书中说的是两个淘金者带着金子从极地返家，他们饥饿、寒冷、疲乏。其中一个感觉腿每迈动一下，骨头在关节臼里的转动都让他痛苦不堪。他那叫比尔的同伴也好不到哪儿去。在又一次艰难抬腿时这个人扭伤了右脚腕，伤得厉害，他向死寂荒原里唯一的同伴求救，但比尔不看他，走远了。天黑了又亮了几次，这人已无力计算，他早已丢弃全部金子，匍匐爬行。他吸吮狼啃过的还残留有一丝肉腥味的驯鹿骨头，他用石头将骨头砸碎，吞下去。某一天，他看到了比尔的枪和金子，以及摊在地上的人的骨。他无声地注视并走开。不久，他发现，一头和他一样孱弱的病狼正尾随在他身后几步远的地方，舔舐他留下的血迹。狼一定是希望他先死，好吃掉他。

而这个被饥饿弄得奄奄一息的人也是这么想的。最后人赢了，他用牙齿磨破了狼的皮，狼血流进他的胃……现在这个人几乎失明，只能像虫子一样在地上蠕动，虽然缓慢，但一直在动。终于，一条捕鲸船上的科考人员发现了他。三个星期后，他在捕鲸船上醒来。再后来，这个人的余生只对一件事情感兴趣，那就是偷面包，把面包藏在屋子里、席子下。

"好了，"黑脸男最后说，"你们七个人，都可以自比小说中幸运活下来的人，且把对方当成'比尔'，你们是与比尔同行，明白了吗？一切靠自己。出发！"

这仪式特别，我喜欢。

首五公里，我如风般地走在前面。我闻见空气中树叶和花草混合出的迷人味道，在心里一次次借用古人诗句抒发情怀。接下来五公里，我依然保持匀速前进。又一个五公里过去了。

渐渐地，有人超越了我。渐渐地，我落在了后面。渐渐地，我距他们越来越远。这时我想起以前听一个登山者抱怨自己不该跟一个专业登山队去冒险："你撒一泡尿，就需要三小时才能再次赶上他们，假如他们不停下休息，你真就追不上。"这一瞬间我心里想，我得努力别落下太远。我的背上像有一条小溪在流淌，脸上的汗滴在脚下石头上的声音清晰可闻。鸟呢？林中鸟为啥不叫了？我突然听见一声脆响来自我的右脚踝，一股火苗顿时游过右脚脚背，我大叫一声，跌坐在地。

等我脊背一片冰凉地站起来，试我的右脚，钻心的疼痛让我确定自己不能再前行了。我抬头，向嘎日山熠熠生辉的峰顶无声遥望，万般沮丧。

我把身子挪进一片山毛榉林中，我试图弄断一根树枝充当拐杖，好依靠它的支撑返回山下。时间过去一小时了，我在前有队友后无救援的登山半道上把那句"与比尔同行"的话重温无数遍。

但前面有人返回了？我早上没有看清的我六个队友中的某张脸突然现于眼前，这次我不能再漠视这张脸了，我认真打量这张脸，方正，亲近，可信。

"猜你遇见麻烦了，半小时前我才发觉。"同伴说。"我慢慢向前走，走得很慢，希望你能赶上来。二十分钟过去，却总不见你。"同伴又说。"前后不见人，我心里闷得慌，开始担心你，这担心一直困扰着我，我把我登上山顶的畅快情景，与知道你有麻烦却不回转的困扰对比了一下，发现我只能原路返回了。"方脸队友一口气说了这么多。

"手册里说，我们都是彼此的比尔。"我有气无力地回应。

"可我首先是警察。"说这话时，他的表情让他那张脸看起来格外动人。

不论职业，不论性别，一切靠自己。这句我在手册上读到的话我再没有说给我的同伴听。因为傍着他的手臂行走大大减轻了我的疼痛和恐惧，我的心里早已升腾起无比踏实且温暖的幸福感。

奇　迹

　　此刻毛夯坐对着一炉熊熊燃烧的火焰出神。他并没思考什么，他只是在等待火焰暗下去。因为再过些时间，又一窑陶俑将从他现在坐着的位置一尊尊地搬出来，再挑出五个或十个神态各异的，用网兜一套，批零兼顾地卖给前来兵马俑观光的他的同胞或是外国人。

　　毛夯的坐姿看上去有些枯寂，一点儿不比那些烧得透亮的陶俑生动。如果能换个角度打量毛夯，穿越跳跃的火焰，你禁不住要猜想，毛夯和陶俑，究竟谁是谁的前身呢？

　　像过往的正午一样。毛夯照例吃过了一老碗油泼辣子面，扛起锄头朝门前一百步外的坎下走去。毛夯要去打一眼井。

　　这是个罕见的干旱的夏天，赤烈的太阳整日在平原上照着，这种反常的天气使平原的白天少了早上和正午的划分，太阳一出来，就热如正午。往常在这个时节郁郁葱葱的玉米们这一刻集体失态，完全地萎靡不振，统一蔫头耷脑。毛分拄锄向干渴的平原望一眼，眼神里一片忧戚。

打量毛分，他就是关中平原上最常见的一个农民，言语不多，安贫乐道。

人说关中平原多王气。随处可见的一座座土丘，这一座和另一座眼看没多少不同处，打听一下，却是当年世所瞩目的大人物哩。

可那些黄土下的帝王将相并不在意这些活在他们头顶上的平民百姓。毛分此刻想一下，心中有些抱怨。这情绪与久旱无雨的天气有关，要是在风调雨顺的年月，毛分还是愿意遥想一下那久远年代那些模糊不清的人物的。

是开工挖井的第七天了吧？毛分这天照例蹲在柿子树下吃过婆姨端给他的那一老碗油泼辣子面，又从容喝过面汤，饱着肚腹再次荷锄去挖井。工程现在已有些深度了，毛分闻着四周有些潮润气的黄土，心里很振奋，他幻想着一眼泉水淙淙的井，那样，再遇上干旱的天气，也不担心会少了油泼辣子面吃。

毛分狠着劲挥锄，他要对得起肚子里的那碗面。只听"咣"的一声，震得他虎口一麻，眼见锄头落处，一个黝黑的东西迸起老高，又落在了毛分眼前。

一锄子下去挖出几片瓦当来，这在关中平原不是啥稀罕事。毛分没当回事。但当毛分看清那是一个瞪着眼睛瞅自己的男人头时，毛伢魂飞魄散了。在下意识的驱使下，毛伢弃锄逃遁了。

毛伢魂飞魄散地逃回家，被婆姨奚落了几句，就有些懊恼地往回返。小心地回到锄子边，毛伢再看那个头，仍是他第一眼看上去的样子。毛伢大着胆用锄子敲了一下，竟发出了铁敲打在瓦片上的声音。毛伢这才确信那不是一个死人头。毛伢擦了把汗，坐下来对着那头发愣。

不久，一个挂着锄头表情木讷的农民和他那眼未完成的"井"一起出现在晚报的头版头条。那挂锄的农民就是毛伢。那瓦头就是秦俑。

毛伢的窑烧得格外好。他烧制的那些陶人，表情足以乱真。这本领也许潜伏在毛伢体内许多年了，但只是在毛伢挥下那了不起的一锄之后，它才慢慢地苏醒。

毛伢的那些烧陶为他带来了可观的收入。这是后话。

多年之后一个对毛伢来说亘古不变的午后，照旧是吃过一碗油泼辣子面，照例是从容地喝过半碗面汤，毛伢站在自家的小楼上向北遥望，看见在绿树红墙中有些隐约的兵马俑博物馆，毛伢的感觉和多年前他要去打井挂锄遥望平原的感觉没什么两样，让毛伢满意的是，今年可是风调雨顺呢。

给你一支烟

　　榆林人王远山的媳妇是南方人。这个南方女子看见牛羊肉会犯晕，却极爱吃陕北的烤土豆，这下好了，陕北的沙地土豆也能让她在远离故土的地方长得细皮嫩肉、唇红齿白的。因烤土豆的缘故，一年到头，王远山家的火炉总是比别人家生得早、息得晚。反正他一点儿不担心会没有煤烧。因为王远山是榆林煤矿上的运煤司机。王远山觉得弥漫家中烤土豆的焦香就是他闻得见的幸福生活。

　　好几年了，王远山的煤都拉往一个地方，关中富平的陶砖厂。在榆林和富平之间，王远山每周要往返两次。

　　据说富平陶砖厂的陶砖销往日本和北欧。日本和北欧？那是王远山看不见的远方。有次送完煤，王远山临时决定参观一下窑炉。从泥坯房直看到窑炉车间，跟刻花女工和烧炉师傅都聊了天，问他们一些简单和复杂的问题。在窑炉前，王远山被告知，窑炉里的温度要有一千五六百度呢。一千五六百度是多高的温度？王远山问。就是能把一根生硬的钢棍在一声咳嗽里变成白炽的钢水。王远山"噢"一声，觉得真是了不得。

由那些炽白的炉火，王远山联想到自己，烧火的煤就是自己送的呗。他还想了榆林，想了日本和北欧。想着想着，他就觉得日子很美好。他运来的黑煤把这边的红泥烧成贵重的陶砖，这件事真美好。

王远山在富平陶砖厂常打交道的，一个是供应科科长，也姓王，一个是看门人老田。王远山每次见他俩，都要给他们发烟，一人一支。榆林卷烟厂产的"延河"牌香烟。煤车在进大门的时候这两个人会同时出现在王远山的眼前，老田是要给他开门放行，王科长是给他运来的煤过磅，尽管过磅就是开着车穿过一道窄门，但他们都很认真，虽然几年间从未出过差错，也一样不减一分地认真着。认真真好。王远山打心眼里喜欢这认真，觉得他们的认真使他轻松。

在从车里下来走到大门的空当里，王远山装在上衣口袋的烟已经在手上了，五步走到王科长跟前，先给他发一支，再三步走到老田跟前，给他发一支。然后走回车里，发动车子，过磅。过完磅多半就是下午了，然后王远山会去陶砖厂食堂吃饭，饭很简单，一份菜，两个馒头，一碗免费的汤。但吃饭的人吃得从容，因为即便是压缩了吃饭的时间，他也会歇够一个小时才往榆林返。这是他的南方媳妇交代过的。王远山的媳妇跟王远山说，吃过饭立即上车赶路的司机都会得胃病。王远山在心里笑他媳妇：你又没当过司机，咋知道的？但话却听进去了，就算媳妇不在眼前，看不见，王远山也愿意遵照她的嘱咐，他觉得那样做，他得到的幸福似乎就能放大一倍。

王远山送煤是隔天一次。中间歇一天，再走。王远山对自己的日子真满意。

去年一冬干旱，樱桃开花的时候却下了一场罕见的春雪。大雪封堵了所有道路，王远山的煤车在距离富平十几公里的马兰走不动了。一车煤僵卧在公路上，三天，也没能动弹半步。第四天的时候，矿上催问的电话一个接一个打来，说是陶砖厂那边再不能等了，再送不去煤，他们就得停炉，停炉是他们建厂来从未有过的大事故，损失之大难以估量。那个一向好脾气，说话从来都是慢声慢气的王科长在电话里的声音都变了。但是王远山的车就是没有能够挪动的痕迹。来去的路线王远山是比自己掌心的纹路都要熟悉的，眼前的道路不通，就别指望会有更好的出路了。

唯一能救他们的，就是天赶紧晴朗，赶紧出太阳，毕竟是春雪，太阳一出，就能融化，就有救了。

天在王远山眼巴巴的期盼里总算晴了，正是夜半，看着天上高远的明亮的星星，王远山熟悉的幸福感又回到他心里。

那夜，王远山在离他车子不远的村子里等待天明，当曙色在山头上显现时，王远山已经回到自己的车里，他慢慢发动车子，慢慢启动。果真，虽然积雪很厚，但车轮碾进去的时候雪是松软的，不像前几次那样发出僵硬地拒斥车轮的喳喳声。

尽管比蜗牛走得还要慢，但是只要往前，就有希望。

十几公里的路程，王远山整整开了十个小时。在陶砖厂门口停下的时候，天已漆黑了。扑向王远山的，是王科长，后面跟着看门人老田。王科长是一把把王远山扯住，连推带搡，激动的。

只有老田，静静地，看着王远山笑。似乎在说：多急人啊，终于到了! 到了真好。

听王科长说，在陶砖厂厂长急着给榆林煤矿打电话要按违约处罚煤矿的时候，是那个老田，静静地拿了扫帚，把陶砖厂从前堆放煤的地方仔仔细细地扫了一遍，老田扫出来的煤烧了这大半天，维系了窑炉的温度不变。

王远山在王科长的说话中看老田，第一次觉得老田是那样老，他站在那里安静得像一个影子，却又那么地让人踏实。

王远山再次拿出他的"延河"牌香烟，像每回那样给老田递上一支，说："老田，吸一支。"

话说出来，王远山才觉出，这是六年来自己给老田递烟时说的唯一一句话。

章鱼游泳

　　大多数人类是不了解章鱼的。一部分人知道章鱼能食,还有些人知道章鱼能吐墨汁似的水,迷惑敌人,为了逃生。爱好童话的人类把章鱼写进童话书,编造出章鱼的故事。但有一只章鱼,活在所有人的视线之外、想象之外。这是只爱游泳的章鱼。

　　像多数章鱼一样,这只章鱼生活在幽暗的深海。偶尔,阳光会光顾这片海域,比如季节轮回的某个特殊的时间点,阳光走到一个恰切的角度,或者因为大片水草的集体狂欢,奇妙的阳光透过草的缝隙倾泻而下,照耀在这只在人类知识与想象之外的章鱼的身上。

　　多么曼妙,像是交响乐的序曲。这只章鱼会尽情舒展开身体,随海波摇摆,开始游泳。我们给这只章鱼起个名字吧,我们叫它间，时间的间。间最初住在一只瓦罐中，直到某天，间有了盖房子的愿望。

那是个月满的夜晚，海面上一轮圆月升，海潮涨起落下。人类的三更半夜天，大海深处的间开始行动，它爬出陶罐，找到第一块石头，一块来自星际，掉落深海的陨石，尽管这块石头比自己的体重重十倍，但间还是成功移动了这块石头。这一夜，间用了七块石头、三枚鹦鹉螺、十枚蚌壳和一小堆蟹甲，在两片海礁间建好了房子。间走到房子对面打量，感到满意。间舒展身体，游动起来，它觉得轻盈，觉得自身和空间的关系亲密妥帖。

间现在常常就忘了出击这件事，也不提防敌意与伤害。

门口右边，一块石头泊在那里。那是建房剩下的，石上带有花朵的图案，看上去很美。这让间想起早年，它也有过一块类似的花纹石，那时，它用石头抗敌，躲避骤然来临的袭击，争取向敌人喷射墨汁的时间。如果间撤退，石头就是盾牌。

这都是从前。从前距离现在很远，又似乎一眨眼的工夫。

间一直生活在这片海域。另一只从人类手里死里逃生的章鱼，它叫废，回到这片水域后成了最啰唆的章鱼。

废住在一只人类遗弃的瓦罐里，尽管废总是嘟哝瓦罐的气味，却总下不了自建房屋的决心，这也是沾染了人类中那些只说不做的人的坏习气。废沾染的坏习气还有自大。

废觉得自己是海底最有眼界的章鱼，即便它的嘟哝，也是知道的太多，憋不住地外露。在废看来，人类是一群头大身小的动物，人类也是唯一会头疼的动物，因为头大，自然头就重，整天举着大头来去，是完全可想而知的沉重。所以人类休息需要横着，完全躺倒。废做了一个躺倒的姿势，尽管废躺倒也只是一只模拟人类的章鱼，但从没见过人类的间一下子就看出废模仿的正是人类，间描述它想象中的人类图景，使废吃惊地竖起触角：太正确了，完全和现实一样。

人类建造的城市，人类的轮船汽车，人类人气哄哄地走在马路上的样子，废都见过。虽然那时候废惊恐又迷茫，全然无心领略，但在向间复述的时候，人间却前所未有的清晰。如果间是看过这些的，间也会吃惊废细致的观察和牢靠的记忆。

可见现实、想象抑或回忆，哪个真实，哪个虚幻？从无定论。想象和虚拟有时候比现实真，而现实有时候比想象更为虚幻。

章鱼们集体嘲笑废的啰唆以及矛盾，只有间，耐心倾听废的倾诉，不管它是在抱怨眼前的海底世界，还是那已逃离的惊恐人间。

偶然的一瞬，一缕阳光忽地照进深海，使间眼前一新，心境豁朗。它看见鱼群呼啦游过去，呼啦游过来，仿佛有一架天梯忽然沟通了海底与海面，沟通了海底世界和海上的人类之城，间不仅看见废描述的月光照耀海面的情景，感觉到月光的气味，它甚至看见了雪花和雨水从天空降落的情景，以及彩虹。彩虹跨在海面上，间称彩虹为浪，雪花在间的语言里是瓣，雨是密。它把在幻想中看见的这些说给别的章鱼，它们不懂它在说什么，但间也不会有不被懂得的寂寞感。

当一只只章鱼爬进它们形形色色的屋舍，使海底一片空旷的时候，间向打算爬回陶罐的废说出了浪、瓣、密这些词，废一瞬明白了间描述的，正是人类称作彩虹、雪花和雨水的事物。

废第一次在间和人类的联系中，扮演了翻译这个角色。尽管废永远不明白间是从何处得到这些影像并说出它们的，但这让废感受到了这片海底除了无聊还有新鲜，寂静又暗含突破的力量。

废迟疑地缩回陶罐中。就在废的最后一条腿隐进幽暗的时候，一缕阳光再次降临到这片深海中来。间把身体仰在那片光亮之中，它感到身体从未有过的轻盈以及线条分明。

被这轻盈托举着，间舒展开自己的身体，不断升腾。间闭上眼睛，却依然感受到光的存在，光照耀海水如沸，光影交错，如虹如密。间在那一片光明与绚烂中继续升腾，它的身体越来越轻，像是接近了轻本身，它的身体越来越线条分明，分明如线条本身。

一声巨大的响动震荡了间，间的身体和记忆。它看见它心中的浪、瓣、密同时出现在眼前。

间说出了它语言中的一个新词：间。

一个下午

"喂，你在哪儿？在干吗？"

"我正打算去看场电影。"

"电影有啥看的？你还是那么爱看电影。"她奇怪他还是
那么评价她的喜好，仿佛时间既没改变她，也没能改变他。

他们分开有多久？至少三年了吧。接到三年都没有联系的
前夫电话,何璜还是有点儿惊诧。惊诧前夫熟人般熟络的语气。
就连她自己回答他的语气，也并不隔阂和陌生。怎会这样？

是他们没在心理上屏蔽对方？还是他们早已不再对对方构
成一丝的冲击力？

真纳闷。

于是何璜不觉问出下面的话："你想干吗？"

"我不想干吗。"

"那你到底想干吗？"

"我们找个安静的地方待一会儿。"前夫说。

"安静的地方？咖啡馆？或者酒吧？"

"太吵了。我想和你安静说会儿话。我中午喝酒了，尽管是清酒，也是酒。我就是想和你说说话。"

前夫归来，她不兴奋，这是肯定的；有一点儿好奇，也是肯定的。何璜这次捉住了自己的心理。

她回想起短暂的婚姻里，他们很少爱好一致。她此刻想起一件他的爱好，喜欢做足底按摩。想起家附近他们从前同去过的那家店还在，就说："那就去做个足底按摩，你顺带休息一下醒醒酒。你应该还记得那个地方。"

决定毕，何璜有点儿后悔，两个最少三年都不见面的前夫前妻，约在这样的地方，太不把对方当外人了。前夫答应得爽快："正合我意。"何璜甚至能听出他对她的善解人意颇觉满意。

他竟然那么快到达，他在等她，以前多半都是她等他。

"你没胖。"

"你也没胖。还是魔鬼身材。"

知道多半是魔鬼的话，但她不怕魔与鬼，心里有一种无谓的轻松。她只是想知道他忽然想起约她的缘由。她记得三年前他们离婚的时候，他就向她吼过："别拿婚姻当试验品。"她说了句最没诗意的话，她说："蛋有缝隙，苍蝇也来过了，而她，不知如何对待一只被苍蝇叮过的蛋。"

他告诉她他是冤枉的，哪怕被困在床，也可能是被冤枉的。"政治有多黑暗，你怎能知道！"

他趁服务生出去的间隙拉了一下她的手。她仓皇躲开。散失的厌恶一瞬显形。他有点悻悻的。

他安静下来。想起语言的必要。三年了，一语带过也是需要语言的。她于是知道他这三年的境况，从政界退出——能全身退出已是造化，他的表情里恐惧依稀。说，后来的三年加起来，都没有从前的一年复杂。第一年，他在朋友的帮助下在商城租了柜台，卖服装。第二年，他去给一开发房地产的朋友打工，做房地产生意。第三年，也就是今年，他在市政府的边上拥有了一块可以盖二十层高楼的地段："够黄金地段吧。"他自己配合自己。他计划开发那块地，做酒店。他说，现在开发住宅不行了，他要另辟蹊径。

他说他在这个下午翻手机，他第一次那么认真地翻手机，从头至尾把手机上的每一个电话号码都看过，却只有她，浮出那串数字。她是他这个下午强烈想要见到的人。虽然三年他从未生过找她的心思，但他对她的生活了如指掌，他知道她一直单身。

"你这么好的人，却能单身，你不是念着旧情是什么呢？"他很感动地坐正了身子，把脸掉转来向着他，使她不得不闻见他的酒气，她毫不克制地向后缩自己的身体。好在他收回了身子，很随意地倒下去，靠住。好像立即就睡着了。他就那样在她的身侧，在这样的一个下午，这样一个地方，睡着了。

她心里灰色的潮水漫上来，倒也不是自怨自艾，也不像是对男女之情在心底深邃的失望。她只感到无限的滑稽、冷漠与隔绝。

她草率地回想自己三年来的生活，似乎他的离开从未对她造成什么缺失，也不是已有的障碍得以清除，似乎他是她屋子里的空气，只要她拉开过窗帘、推开过窗子，就能消失得无影无踪。她在这一刻，在这个临街的、能听见千篇一律车声的下午，悲哀地意识到三年来她从未深沉地回想过他，既没有清晰的恨，也没有藕断丝连的想念。那么庞大的一个身影、一个男人、一个丈夫，就算见面再少，也不至于稀寡到无从回想的地步。她惊悸地坐起身子，想要弄清楚，生活在哪里出了问题。何以此刻又和这个人离得如此近？

她扭转头，想趁着他睡着看清他的脸，尽管此前他们都在见面的那一刻对对方的胖瘦、身材做过点评，但她确信他们都没观察清对方，就在她想要看清他的时候，他的电话响了。她诧异他怎么就给自己弄了个那么奇怪的铃音，让她不自主地打了个哆嗦。他醒了，抓起电话就能立即清醒，知道自己身在何处。这倒立即提醒她她的健忘，她差不多立即想起，她是多么熟悉他这个接电话的动作和表情。三年，一点儿没变。

他一直听电话，中途几次抱歉地向她看一眼，但似乎也没看出她的态度，是反感还是无所谓，就一直让这电话打下去。

她听他讲电话，却似乎没听进去一句内容。她又一次回忆起，这景象也和三年前一模一样。她一瞬间觉得是时间失败了，时间在他们两人之间，三年无作为，够失职，够不像话。她忽然生出和时间恶作剧的心思，那就是，她一定得发现三年后他的变化。她歪着头看他，忽然她笑了，找到了。他在不断地喷鼻子，每次在电话里发完一个命令，他就喷一下鼻子，吭、吭。吭、吭。没完没了，让她无端联想到一头尥蹶子的驴。对，就是一头想要赶走不断叮到臀上牛虻的驴。

她想要拂落什么，她就把按摩小姑娘的手从自己的腿上拂落了。她快速穿好鞋子，把几张钞票放在案几上，站起来。他吃惊地看她，电话捂在耳边，想要站起来，却没能够。她做出妩媚的样子，扭头对他说："我还发现，你头发有点儿油腻。真是不该。"

姑　姑

母亲说:"你姑姑真是的,我给的钱很宽裕了,她却把猪肉做成'鸡肋',让人都不信是她的手艺。要不是你堂弟送来时说,是你大姑亲手做的,我准不信。"

我说是猪肉不好了,现在的人家养猪,不像以前的,给猪喂玉米、喂红薯、喂青草,早改成吃人工合成饲料了,不如以前好是必然的。母亲说:"不是,别人家的猪肉不敢肯定,你姑姑做腊肉,一定是自己养的猪。"

我大胆猜想,可能姑父刚去世,姑姑心情不好,没情没绪,熏肉的味道也会变化。

"看来人老了,手艺也会衰。"母亲说。

母亲不知道怎么来分配那些腊肉。以前是不够分,现在是不好意思摊派。其实要是跟外面买的腊肉比,姑姑这次的腊肉也算好的，但是对姑姑熏肉手艺的长期依赖，使母亲早已不能接受一点点味觉上的糊弄。宁吃鲜桃一个，不要烂桃一筐。

父亲年少离乡，祖父母身边就留姑姑一个孩子，她是女儿，却需担当男孩的责任。无法远嫁，由父母指定，十八岁的时候嫁给同年岁的姑父。姑父是孤儿，但祖父母喜欢，因为这样，姑父过来落户就名正言顺。

这样，姑姑就在那个叫安门的地方一待就是五十八年。五十八年的山高水长啊。

我在一张黄的、边角发毛的老照片上看见十八岁的姑姑，带着那个年代的人特有的郑重、内敛，眼神清澈地穿过茫茫岁月，安静地望着今天，照片上人的逼人青春使姑姑都不好意思起来，皱巴巴地笑着说："这是谁家的姑娘哪？"

虽然婚姻是父母命，姑姑却说自己命好，遇上个没和自己红过一次脸的姑父，一辈子，不红一次脸。这是姑姑对自己婚姻的最高肯定，这样的评价在我是不能想象的。一辈子，是多漫长的时间啊。

姑父的脾气自然是好的，在他眼里，这世间似乎永远都不存在分歧，即便分歧，也能商量后得到解决，为一点点事情隔阂、生气，为难了别人，自己也不划算的。这是姑父的哲学。大胆想象，我觉得姑姑和姑父一定是把生命的火力用到精致自己的手艺上了，在那样漫长的、斯文的手工的时间里，再坚硬的心思，多么不可理喻、不能接受的事情大概都能被磨砺得合适、恰当，都能被接受、有地方放置了吧。

比如姑姑远近闻名的熏制腊肉的手艺。同样是把生肉切成一个个的长条，抹上盐，搁置一个星期，再把肉挂在厨房靠南的墙面，下面用松针的烟慢慢地熏，每天傍晚一次。半月后停了松针的烟，往后的几个月里就全部凭借平常饭炊的烟火气，有一搭没一搭的，却成就了饱含松脂气息，核心透亮如松树芯子一般的腊肉。安门出产的腊肉远近闻名，而姑姑家的腊肉是这闻名中最绚烂的那一抹。

姑父呢？他做玉米、花生、芝麻糖。我记得我小的时候上学去，常常手中就握着这么一团玉米的、花生的或芝麻的糖团子，边走边吃，走到紧邻学校的柳树林的时候，这糖团刚好消灭掉一半，剩下的，找个老的树洞藏进去，放学回来的路上再把糖团子找出来，吃着往家走。

说说姑父做糖团子的过程吧，以芝麻糖为例。

盛一升芝麻，挑干净石子草屑，淘净，晾干，文火焙，晾凉。玉米糖适当，在锅里熬到半老，倒进去芝麻，用糜子粑粑朝一个方向搅，直到变成一个大团子，把团子放置到梨木案板上，趁热切成片。

但是姑父专门托人给我们捎来的玉米花糖是不切的。不切片，是酥松的拳头大的一个个团子，放在瓷的蓝花罐子里。罐子口覆厚厚的麻纸，再用细的草绳扎紧了。

来者一再嘱咐母亲，姑父说了，每次用筷子取完糖，罐子口一定要扎严实，这样不回潮。

姑父还解释说不切片是因为那样玉米花的焦香气就不易散掉。姑父炒的玉米粒是老品种的玉米，每一粒都含苞待放的，不能全炸开，炸开的味淡，都是铁豆又太硬太瓷，就要那种含苞的好。姑父笑说，他的玉米花糖给小娃娃磨虎牙，是再好不过的。

姑父周年忌日的时候，我们见到很久不见的姑姑。姑姑看上去老了很多，一向爱说笑的她现在倒像是变成了姑父的脾气，少言寡语的，连走路也不像以前那样的脚步声咚咚，变成了无声无息的姑父的那种，不抽烟的她，却抽上了姑父的烟袋，姑姑解释说，抽了烟袋，屋子里会有姑父的味道。

"给你母亲熏的腊肉和往年的步骤一样不少，味道别说你母亲嫌不好，我自己吃了也觉得不似往年。"姑姑解释说。

我说："那是因为你心情不好，所以熏制的时候没情绪的缘故。"

姑姑说："是因为猪肉的缘故，猪得不到你姑父的看护，猪也不好好长了。"

我看着言语平静的姑姑，忽然想，我们可能要永远告别姑姑的绝味熏肉了。因为这个世上，再也没有和姑姑的生命密切相关的那个姑父了。

两个老人

我外公看一盅酒的眼神，一个字形容：贪。准酒鬼这词，送给他，我看合适。

酒醉心里明，这话大概是真的，要不酒醉后摇摇晃晃，站脚不稳的我外公，怎能准确找到我的学校，站在我的教室门口，直声呼喊我的小名？

渴望有个地洞钻，就是我那会儿看见这样一个外公的心情。羞耻、愤怒、惊惶、厌恶……综合着我的心境。

我的班主任，故意装模作样地问："这是谁的家长啊？请站起来认领！"我的羞愤抵到墙角了，我须得快速站起，冲出教室，跑向外面，耳朵依然躲不掉猛追上来的哄笑声，同学哈哈笑，老师呵呵笑，最后只剩下我那沉陷在酒精中的外公嘶哑的、咬字不清的呼喊声："你跑忒快我怎赶得上？你这昧良心的女女，嫌我给你丢脸了，忘了我疼你？"

我终于停步，等他。看着他几欲倒地，又歪斜着努力站稳，终于还是扑趴在地上了。大雨过后依然细雨如诉的积水的地面，他不顾泥水，挣扎而起，终归没能把自己撑起来，让我无端联想起朱自清的《背影》，那个趴在栏杆上难以越过的笨胖的身躯，一样的不雅，难堪。我忍着气，走过去，半拽半拖地把眼前这个瘦小的老头拎起来，让他的重量放到我的一个肩上，架着的感觉，我一瞬间就懂了。

我努力协调他的醉步，否则还得回到原点上。我现在只能理智些，把他早点带回家，交给我外婆。走出学校操场，是一段煤渣铺成的窄马路，不再积水难行。行人寥落，我庆幸我们别扭的行走没谁在意。

煤渣小路穿过绵延的玉米地，纷披的玉米叶子在雨中像披着蓑衣的人，显出寒冷萧索的样子。现在是中午，若是晚上，走在这样的路上，需要点胆量。我外公也是这么想的吧，反正只要轮到我值周，我晚归走到这条路上，在小路一端的入口，准有外公在等我。知道我放学晚，我外公会多走两里地，等在煤渣路的一端，远远看见一个黑影子，烟袋锅的火星一明一灭，那火星是属于我外公的。

猛然出现在心中的这个黑影子在这一刻平息了我心中的恼意，我平定情绪，努力忍受外公的酒气，慢慢地扶着他走上河桥，过了桥，就到家了。我带外公停在桥栏上，托扶着他的手臂，使他无力的双腿得到休息。看着河里翻腾的浑黄的河水，低头看软弱的外公的脸，想，这一刻没我，外公也许会掉进河里淹死。一个念头堵在心中：为什么外公总要喝醉呢？

外公每次进城必会喝醉，每次酒醒后都跟外婆解释：遇见以前店里的老伙计了，哪有不醉的理儿！

以前外公是开染坊的，在城里，前店后作坊，很是风光了些日子，据说美妾都娶了一个。我有次大胆问外公美妾的往事，心怀了挨耳光的准备，不料他倒洒脱："哪里是妾？是正房！不会生养嘛，才被家里逼迫着休了嘛。"

休了前妻的外公娶了方圆几十里闻名的程先生的女儿。程先生的女儿就是我现在的外婆，这会儿她坐在干燥的炕头，见我捎着酒气熏熏的外公回来，一点儿不抱怨，笑眯眯地："死老头子又喝醉了！进城就喝醉！喝醉就辛苦我女女！"外婆赶两步把外公接过去，帮外公脱鞋抹袜，扶外公躺平，热水袋子也暖在外公脚下了。嘱咐都小声，说："睡一觉就好了。女女你也去喝杯水，劳累你了。"

外婆这时候点着她那双残脚，不紧不忙地去给外公生火做饭了。永远是姜丝萝卜丝豆腐丝白菜丝的疙瘩汤。外婆说，喝醉的人睡醒后喝上一碗这面汤，不伤胃，不烧心，清醒得快。

说起远近闻名的程先生的女儿，闻名的理由就是他那个先生爹不准她缠脚，外婆的母亲缠一次，外公喝令放一次，三缠三放之后，我外婆的脚彻底残了。外婆一生都认为一个携带着一双大脚的女人，且是半残的脚，连天足都称不上，这个女人就是丑女人。当年嫁不出去的我外婆打好了当一辈子老处女的准备，没料想休了不会生养的媳妇的我外公来娶她。即便自己从城里嫁到了山里，心里却是感激的。这感激嫁接在另一个女人的痛苦上，使得我外婆觉得她的感激需要噤声。

被外公休了的女人后来占有了外公的染坊，这是外公的赔偿，所以我外公每次进城都醉，我外婆总以为是外公的良心逼迫外公醉酒，所以外婆从不拦挡外公进城，不阻挡外公喝酒。

等后来孩子们长大了，外公外婆弃了山里的老屋，搬到川道来住。我外婆甚至把自己变成了外公的同好，外公喝酒的时候也给外婆倒半杯。老头一杯，老太半杯，我这两个祖先半辈子的早上都是这样开始的。早、中、晚各一杯酒，不知从哪天起，成为我外公保持到老的生活习惯。

尽管喝了一生的酒，我外公却说自己辨不出酒好酒坏。给他好酒喝，他自己说糟蹋了酒，说啥酒在他嘴里也只是个辣。只要便宜的酒。散的苞谷酒正合他的意思。"要是嫌花钱少心里过意不去就买西凤大曲，四块钱，够了。"我外公嘱咐给他送酒的晚辈。

西凤大曲在相当长的时间里都是我们去看外公的必有礼物。

直到外公去世那天，外公床后的酒积攒了满满一箱。外婆说，酒还放在那里，她每天喝半杯，看看这酒还能折去几瓶。

外公走的前一天晚上，外婆梦见外公跟她说话，嘱咐外婆要叫孩子们在他新屋前栽迎春花，外婆梦中答应了外公，就走出了梦境。枕上纳闷，想，外公在哪里有了新屋？只听见脚下一声紧似一声的我外公的呼吸声。外公晚年患有哮喘，外婆惊慌地爬过去看，就见外公朝她眨巴眼睛，头一歪，去了。

外公是八十四岁去的。外婆说："七十三，八十四，阎王不叫自己去。你们都别号，我明年也要去的。"大家算一算，外婆这年正好七十二岁。

外婆如她预言的那样，果然在满七十三岁的那年去了，从容，如归。老衣早已招呼几个舅娘帮她裁缝好了。外婆是在腊月天去世的，送她去墓地的人都看见外公外婆坟头的迎春花竟然爆出了星星点点的黄，看着暖送葬人的眼。走在黑漆漆的人群里，我第一次觉得，死亡原来也有温暖的意味。

我回忆外婆说话的神情，外婆说："七十三，八十四，阎王不叫自己去。你们不准号。"

静默着送外婆，这是我们能够给予逝者的尊重。

一　生

　　她八岁的时候，一个小名叫黑牛，大名叫韩非的男孩子，把一顶用黄豆叶柄编织的灿烂花冠戴在她头上，对她说，他要娶她当老婆。她觉得老婆这个词侮辱了她，大哭着，去找她的娘告状，她娘没有像她想象中的那样，去责问那个男孩子，一句"去旁边玩"，就把她打发了。

　　她浮皮潦草地长大。十八岁，二十八岁，三十八岁……未必如树木留下年轮，可供缅怀与追想，而爱情呢，她经历了多少回，你如果这样问，那就如同你问，这些年来，树开了多少回花？

　　树开花在树的运数里，开花的时候蜂飞蝶绕，树也妖娆，春也浪漫。春之后呢？是炎炎夏天，但她爱情的夏天，如某些地方的春天，总是短暂的，一晃而过。至于秋，秋意味着收获吗？

但什么是收获呢？她不可说，不能说。"夏虫不可语冰。"某天在这个句子前，她呆了一呆。是的，她生命中过往的那些男人，来时，如一盏灯，给她的幽暗一片短暂的明亮，然后灯移走，光消失，她仍在幽暗里，还会有怎样的情景呢？她不知道，也无法想象，她在春天的葳蕤里，也葳蕤，也灿烂，在夏天的热烈中，也是热烈的吧。她或许是活在爱中的，她那么美，小时候有小时候的美，长大有长大的美，老了呢？也比和她一样老的女人美。如果风光是可以被一个人占尽的，那她似乎是占尽风光了。"但不是这样的。"如果你让她辩解，她会这样说。但是有人会听得见，会以为然吗？谁知道呢。

她结过一次婚，不到五年的婚姻，还没来得及她厌倦，他就走了，或许是他觉得厌倦了吧。有时候她一个人独自陷入冥想的时候会这样想。为什么连这样一个和自己终于结了婚的男人也选择离开她呢？第一次，她想一个问题，她是美的，美的东西怎会没人爱？美丽的女人怎会没有男人娶呢？当然有。但是，他们为什么像风挡不住地来了，却又像风一样留不住地去了呢？

自恋。又一次她独自对镜，把那些走近她生活中的男人，像胶片一样在眼前一一呈现的时候她想，他们爱她，说到底，都不如她自己爱自己，到头来，那被比下去的一方自然就暗淡了，苍白了，他们先败给他们自己，最后败给了她，于是他们走。离开会没有眼见着的对比。

那个和她结了婚的男人死于一次偶然的交通事故，但是，她不认为那是一次意外，一次偶然，她固执地觉得是她害死了他，是她不能像他爱她那样去爱他害死了他。现在他死了，把更空阔的空间留给她回想他，她第一次觉得他的好，他在她生命里的分量、重要性。她第一次深感绝望，觉得她是爱他的，是能够深深爱他的。原来自己除了爱自己，也是可以去爱一个爱自己的男人的。但是，一切都不存在了，爱是要有所依附的，他的身体，他的气息，他的温度，离开这个世上很久了，离开她很久了。

她宁愿去信赖巫师，她渴望巫师能替她招他的魂魄回来，听她倾诉出她的心语，但是一次次的，连巫师也失败了。茫茫的阴阳两隔的世界，如云海横亘的，是她的绝望。

她在她的绝望里残喘着岁月。她摈弃以前的华丽过最简单的生活，她生活中的物品能选择一次性的，那她肯定就用一次性的，回环往复、山重水复的错觉她不要。

她几乎不去见人，更别说陌生人了。她待在她的公寓里，只有一个和她有多年交情，了解她大概甚于她自己的男人还能偶尔见到她，帮她料理她活着最起码的那一点事情，他是她和这个世界唯一的线索。

就这样。一晃又过去了很多年。

现在她老了，鹤发鸡皮，那是上帝给她这样年纪的女人很正常的样子，但她不能忍受这样的形象，她违拗自己的心去接近陌生人，请他帮忙为她整容，整过容的她还去拍了照片。

这一年，她八十三岁了。一个下午，她坐在窗边，努力回想，但是记忆像浓雾中的青纱帐，混沌、暗淡、潮闷。她对自己的一生想要做一个大体的回顾却已经不能。她觉得自己活得太久，像她这样的人，活得太久就更没有亲人了，何况她离开自己的故土几十年。她后来想回忆一下自己生命中的男人，但是，她想不起他们的样子，忆不起他们的名字了。可她偏忆起有一个小男孩，把一顶金黄色的花冠戴到她头上，语气铿锵地说要娶她当老婆。

你哭了。你为什么要哭？她的意识在这个疑问上停顿，长时间地停顿。仿佛老时钟锈住了指针，想要发出嘀嗒声，却不能自主。

等几天后她那个唯一的朋友来看她的时候，她已经死去了。她还在窗边的那个椅子上坐着，脑袋搭在椅背上，嘴角是一抹依稀的笑意。

"你笑着走，就好。"她的朋友，静静地对她说。

这是她的生平：她生于农历新年的第一个月圆之夜。她在三十岁前就走到了别人也许用三百年也走不到的地方。所有说起她的人都想用"天才"这个词形容她。读她文字的人会被她驯服，会不自觉地爱上她。很多永远不可能见到她的人，在提及她的时候都不会觉得她陌生，有些人乐于猜测她、想象她。借助她发表在世的那些照片，人们看见她的美，但她自己，一生都对自己的长相不满。

但是，现在，所有的一切，都可以用"没关系"得到最后的释然。

现在，那些看她的眼睛如果还能打量她，也一定是隔着一张纸的厚度。

隔着一张纸的厚度，我们看见似水流年。我们用这样那样的语气，谈一些风月往事。

这样的一个人，这样的一生，也这样，过去了。

讨厌树

　　汪一眠在初夏的这个早晨醒来，又是周末，他有一天时间由自己支配。一天的计划还没有作出，他不知道自己想做什么。妻子不回来的周末他总是有些恍惚。

　　汪一眠燃了支烟，搬了只小板凳坐在门口。门正对着一棵桃树，这会儿正枝繁叶绿地茂盛着。不用细看，他都知道桃叶底藏满了青绿的小桃子。再过两个月，那些小毛桃会变得青白。汪一眠想象着妻子葱白的手指在树叶间翻找桃子的样子，仿佛又听到了她那声甜蜜的抱怨："又长胶了！"

　　想到妻子，汪一眠寂寞的心上爬过一只毛茸茸的虫子。她真的是一个难以驾驭的女人，像一条养不驯顺的狗——可，也许正是这点吧，叫他迷恋。他们的性格是如此不同，但他清楚，他们谁也离不开谁。道理就是如此简单。

"带着家门的钥匙远行！"这一直是他们中某一个人的一种状态。最初汪一眠在外地工作，结婚后他努力回调，他调回来不到半年时间，她所在的那家报社却派她做了某驻外记者站站长。汪一眠知道反对是无效的，因此他干脆不去反对。他甚至想，在那些鬼念头和他之间，如果真的要舍去一个，没准她会舍弃他，尽管这会使她更痛苦一些吧。某一种矛盾看似尖锐，却总能相伴共存。汪一眠自己有时候也觉得奇怪。

　　他们在这种状态下一追赶就是这许多年。

　　由那些桃子，汪一眠联想到不久前看过的一篇无聊文字。说，面对同一篮水果，悲观的人总是先拣最差的吃，直至最后，最好的那个可能会因时间漫长而坏掉；乐观的人总是先拣篮子里最好的，于是，他每天吃到的，都是篮子里最好的那枚果子……汪一眠不知道一个悲观的人是否会在某一天变得乐观。他奇怪从前妻子总是拣最小的最差的先吃，现在，却偏偏是挑最好的。是什么改变了妻子的习惯？无论怎么说，汪一眠这会儿心中都有些悻悻的。

　　"咦，你还有啥好抱怨的？人说，'小别胜新婚'。你每见我一次，都是在娶新娘，这多好呀！再说，咱家院子这么大，你每晚从后门带进来一个，我妈也听不见。"

　　"哎，你可别真带呀！"

　　"可，万一，你要是忍不住了呢？"

　　汪一眠心想，没准谁会忍不住呢！

"总之，男人更接近动物性。"妻子果断地总结。

这个周末的早晨，汪一眠坐在那棵桃树下，真的有点儿"动物性"地想念着妻子。

仿佛是为了驱赶那种念头，汪一眠使劲向那棵桃树挥去一拳。谁知一拳下去，那棵桃树仿佛爆炸了似的，从树冠上腾起一股苍蝇的旋风。那"轰"的一声响震得汪一眠的头皮立即发麻。汪一眠惊得目瞪口呆地站在那里，脑海里荡出一涟一涟的空白。

你也许想不明白苍蝇竟然是这个世界上最让汪一眠惧怕的东西，屋子里出现了一只苍蝇，汪一眠都要寝食不宁地歼灭之，何况这满树的苍蝇？汪一眠一想到某一天妻子会去翻拣那些被苍蝇蹲过的桃子，不由得立即冲到墙角干呕了几声。

冷静下来，汪一眠找了一把丈母娘用来扫落叶的大扫帚，狠命地向那棵桃树击去。让汪一眠头皮发麻的那一声"轰"再次响起。然后汪一眠就看见无数的小桃无可救药地落在地上，而那些飞起的苍蝇，轰炸机似的在桃树上盘旋一圈，又坚定不移地俯冲进浓密的树冠，仿佛那里有它们无法抗拒的魔力。

汪一眠再次将扫帚向桃树击去。于是，上一次的情景再现。汪一眠想，再这样反复几回，桃树上大概就只结着苍蝇了……

那棵结满了苍蝇的桃树让汪一眠一天都没有心情做别的事情。他忧戚地看着它，连食欲都消失了。他想，唯一仅存的办法，就是把树砍掉，搬到他永远看不到的地方去。

可是，这棵树是能砍的吗？丈母娘能同意他对这棵树的杀伐吗？汪一眠知道，哪怕是被妻子赞美过的刺藜，都将成为丈母娘心中的玫瑰。何况，妻子是那样喜欢桃树开花的样子，喜欢在树叶底翻找桃子的那种感觉。可是，能让妻子吃被苍蝇蹲过的桃子吗？

我一定要砍掉这棵树。

汪一眠在丈母娘堆放杂物的西厢房里找到了一把生锈的砍刀，他又翻出一块废弃了很久的砥石，他磨刀霍霍的。他在那种霍霍的声音中发誓要砍掉那棵让他坐立不宁的桃树。

那个周日结束的时候，汪一眠的刀已磨得明亮如镜，他看见自己的脸在刀的锋芒中冷森森地一闪，那个念头也随之一闪：我能砍掉这棵树吗？妻子和丈母娘会同意吗？

信心和退意交替闪现。

被苦恼纠缠了一夜，星期一早晨起来，汪一眠再也不敢去打动那棵树，在经过那棵树下的时候，汪一眠恨不能将自己收束成一棵刺。他匆匆上班，仿佛逃跑一般。

坐在办公室的时候，汪一眠还在想着要用什么样的办法去伐掉那棵树——对他来说，那实在是一个太难的难题。

下班后，在他打开后院门的那一瞬间，他愣住了：在原来生长桃树的那块地方，突然空出的那一片开阔让汪一眠的目光跌了一跤，他赶紧跑过去，他看见一堆芳芬的木屑像一朵鲜艳的花绽放在那里。

汪一眠看见丈母娘站在水池边，正在洗手，见他回来，远远地丢过来一句话："我在前院都闻到苍蝇的气味了，长在你鼻子底下，你都闻不到吗？"

　　汪一眠第一次没有在心里生气。他对着那堆芬芳的木屑，无比痛快地在心里"哈"了一声。

上帝祝福万福

"吃！咋能不吃？好吃！你要吃！"如短兵相接，我拼力做最后的抵抗。他热情地伸向我的筷子，被我近乎恐惧地挥臂一挡，夹在筷子间的厚厚一沓"钱钱肉"飞散在碾盘改成的饭桌上。

"你不会吃，这个是补品。"他终于气馁，"你只爱瓜瓜菜菜，青黄不接，没啥意思。"重新振作精神，他把他那面锅里煮的"钱钱肉"捞起来放进自己的碟子。我尽力不看他吃，努力镇定在饭桌前。但还是没有挡住他把一大片牛肉摁进我面前的汤锅。牛肉我不反对，但他的筷子是刚刚夹过"钱钱肉"的。

两个人的聚会，我不能总不看他的脸，就在我看他的时候，他用手指在鼻翼两侧摁压了一下，我清楚地看见，白色的不明物质被他的手指挤压出来，他顺手一抹了事。我的恶心像泼妇嘴里的骂，不可阻挡地要冲出嘴巴。我紧跑几步，奔到农家乐院场边的河谷边，爆发出干呕声。我抬头深呼吸，让山上漫溢的清香压住奔涌的恶心。我眼泪鼻涕的样子他一定懂了，表情有点讪讪，淡然说："你太脆弱了。"我蹲在那里，听见河水哗哗地流响，像个傻子似的难作回应。

我不想再回到饭桌前，就坐在近处的一块石头上等他吃饱。他一边吞咽食物，一边絮叨："我和我前妻离婚五年了。可就算好着的时候我们也不会同乘一架航班，更不会一家三口乘坐一架班机。"

我以为他在表达忠诚，往后岁月里绝不和前妻藕断丝连。就宽厚地说："不要紧，离婚了亲情还是在的，你要和儿子、前妻偶尔见个面，我也不会反对，你不总说我通情达理嘛。"

"你这是通情达理？你这是害我呀！咒我呀！万一我们乘坐同一架飞机，万一发生坠机事故，那我万家不是灭绝了吗？不！我们要乘三趟航班，就算是去同一城市，去旅行，我们都要这样。或者一人乘飞机，另一个人坐火车、坐轮船。你别急，别插话。你是想说麻烦吗？不麻烦！匆忙干啥？时间就是用来过的。何况我实在不爱出门，更不爱出远门。我最爱我们的城市，吃得舒心，住得舒心，到哪里都熟悉，一个电话就能把朋友聚齐。对了，后备厢有他们从美国给你捎回来的包。"他放下筷子，走过去打开后备厢，把一款 LV 的夏季拎包递到我手上："你看这外国货，一点儿都不喜庆。"见我没反应，他又说，"千里路上一根针，要的是心意，你去给学生上课的时候拿着装个书啊早餐啊的，我看倒是蛮结实的。"我第一次看到国人在 LV 前的洒脱态度，迷惑地看着眼前这个男人。

我再次感到迟疑，不知是把这恋爱进行下去，还是终止了好。

他再次絮叨："我前妻这个女人没福气。说了你肯定不信，你说我那么多钱，咋就没有她吃几只烤全羊的？我们去关山牧场，我张罗烤两只全羊，就她嘟嘟囔囔。你说好几家子人呢，她多给我丢脸，我就说，没出息的婆娘，你再敢多嘴，看我不把你扔到半道上。返程的路上，她没忍住，又嘟囔了，我就把她攮下车。她当然赖着不下，我就卡着她的腰，连拽带拖地拉出车，扔到半道上。后来还是同行的哥们儿兄弟掉转车头把她捡上车的。她后来见我冷着个脸，我就说，你这个婆娘不可救药了，你说钱重要还是弟兄们开心重要，你说如果不是我哥们儿，谁会返回去在半路上接你。我是用这样的方式给你上课呢。不明白、不领情，就是个笨婆娘。"

他走过来把手压在我的手背上，语气和缓下来，说："你没被我吓住吧，往后对你我可不会这样。你是女学生出身，聪明、乖巧、有学问，你别看我粗，我对你可是真在意、真心疼，你如果连这个都看不出来，你就太辜负我了，你说我抽烟牙齿漆黑嘴像窑洞，我就戒烟了。我可是头一回因女人的话而做一件事。"

"可你并没真戒掉，你看你，说着说着就开始了。"

他点上烟，猛吸两口，摁灭。过不了一分钟，再点燃，再猛吸几口，再摁灭。他接着说："我能有这个进步就不错了，要知道男人嘛，总该是要有点毛病的，抽烟总比我出去和女人胡搞好吧？你还是早点答应和我订婚吧，我戒烟的决心会更大。"

终于可以上车往回转了。他说："带你来山里我喜欢，山上空气好，心情舒畅，我最受罪的就是和你坐在咖啡馆里，干吗啊，盅子大个杯子，还麻烦上半天，一口苦唧唧的黑汤，真是没意思。你爱去，我都能忍着陪你，你就不能忍耐我！我看啊，读书多的人心思重，自私。"

我看着他的手指在眉毛上拨拉了一下，担心他演说，果然他又开始演说了："你让我把眉毛修短，你咋能这样想，我这是长寿眉你知道不，你盼我早死吗？不知道你就该向我请教啊，我为啥能长出长眉毛？上天要我高寿！"他终于回缓了语气："你是这么年轻，我不高寿我能陪住你吗？"他的眼神忽然暧昧："我让你吃'钱钱肉'，你看你那样子，你不吃也行，那东西壮男人不补女人，你说你这么年轻，你总不至于叫我将来在你那里变成药渣渣吧？"

我胃里刚刚平复的恶心这次真如泼妇嘴里的骂，再也不能压抑得住，我急喊停车，拉开车门，蹲在地上，再也不受控制地大声呕吐起来。

听见车门在我身后大声被摔上。于是我挥舞手臂，极其厌恶地向他做了一个"滚"的手势。

我的手势他一定看懂了。于是，这次被扔在山道上的，是我。

但车开走又倒回来了。那个包从窗子里扔出，砸在我身边的一丛紫色地丁草上。地丁草摇晃了几下，就又恢复了平静。

夕阳西下，归鸟掠过山林，高山河谷联合制造的清凉忧伤的空气包围着我。我长吸一口气，心想，上帝祝福穷人，也祝福衣食无虞的人们。

上帝也祝福刚刚离去的万福吧。

放蛊与蛊惑

　　这是他第二次来湘西，第一次是和女朋友来，那年他大学刚毕业，热爱沈从文，专程来拜会。再次来，他已身在官场中，每天需应付各式各样的忙，哪有心思旅游，但没办法，陪人。他每天卡在人和人之间，人和人复杂的事务里。他偶尔追问意义，但追问如投小石入深海，浪花也不泛出一朵。这是刚工作的时候，现在他早不纠结了。纠结有意义吗？他那么忙，无暇思想。

　　他听见导游的声音，导游在讲湘西放蛊，他逮住一词半语，不甚了了。但"放蛊"一词突破思维惯性，被他逮住，他解释，不就是控制对方么，让被施蛊的一方听凭放蛊者的摆布。想到此，他心里一紧。

　　有破蛊的法子吗？他想问年轻的导游，又立即打住，他心里暗笑，怎像少年好激动。

湘西那夜，月光如洗，他失眠了，枕上辗转，想起放蛊，决心自己释疑。他起来，上网查，对放蛊的技术性不能理解，什么蛊虫，什么放蛊、落洞、沉潭。最后他留意到史上一个叫韩晃的官员，说韩晃曾在湘西某地当观察使，为根绝当地蛊毒，在一温泉边建寺庙，请一懂药高僧主持，专治民间蛊毒。刻药方于石碑，使人人可见。药方倒简单，取当年五月初青桃，晒干皮碾末，二钱，盘蝥末一钱，掺麦麸炒熟，再入生大蕺末二钱，此三味药用米汤拌和，搓成如枣药丸，中蛊的人只用米汤吞服药丸一个，药到蛊除。他看到这里，心上一笑，放倒身子睡觉……

似乎刚入梦，又被惊醒。意识到自己既不在湘西，也不在床上，刚才恍惚所思只是他的灵魂出窍，往昔回忆。此刻他正孤零零站在一扇铁门里，随时要接受一次次的提审和询问。他透过铁门风门看外面的几只麻雀啾啾，急急啄食他投的馒头粒，又随时提防可能到来的攻击。是的，他每天投食给麻雀。他最初站在这扇门后的时候，并没有麻雀到门边来，好些日子都没有，更别说眼前这五只。世界静止如死，叫他害怕，叫他昼夜不安，他焦虑得想撞墙，又像被海水灭顶的泳者，本能挣破巨浪的压迫。

时而心灰意冷，时而又满怀希望。每天到饭点，会有两只碗从风门塞进来，两个馒头，一碗菜或汤。他只吃掉一个馒头，另一个他留着。他听见遥远的鸟鸣声，他站在铁门边，掰一块馒头，从风门投出去，鸟鸣声仍远，他再投一粒，再投。等啊等。直到一只麻雀飞来，叼走他的馒头，馒头粒太大，鸟飞上墙头，放下馒头粒，啄，再啄，咽下。

他细心地把馒头粒掐得更小，自从第一只麻雀来，就有两只、三只、四只，最多一次是六只麻雀飞来铁门前。他发现麻雀也像人，有记忆，有性格，有聪明和不那么聪明的，有奸猾也有本分的。他特别留心到其中的一只，体小，却格外灵活，总能最先抢到他的馒头粒，却从不张皇。

他每天既期待麻雀来，又厌恶麻雀来，厌恶麻雀的时候，他顺带也厌恶自己用馒头吸引麻雀，他想起遥远的放蛊的传说，觉得自己也是个放蛊的人，恶。他一边感谢麻雀分散了他的孤独和恐惧，也嘲笑麻雀为了口中食而被拘惑。

这天，铁门豁朗朗打开，豁朗朗的声音使他脆弱的神经受到惊吓，又使他心中的希望像一团火陡然升腾，一束光如水般从铁门放进来，在地面上哗啦一声漫开，他觉得耀眼、惊怕又惊喜。他小心翼翼地把脚踏进那片明亮里，跃跃欲试，如孩子第一次学走路，迈出一步。

他被宣布离开这里。他在这里整整十个月。

他走出那扇铁门的时候，看见六只麻雀扑棱一声飞过高墙，飞过铁电网，瞬间消失在墙外。无影踪。

他慢慢走着，有了方向的脚步现出沉稳，虽然还有点儿不适应双腿的移动。他走得慢，直到双脚交替的和谐感又回来。

他站住，回头。这是十个月来他第一次从另一角度打量这间房子。

想起门里经历的一切，他觉得生命发生了变化，如蝉蜕。他想不管自己在人世还能活多久，但他前半生和后半生的划分，一定是从走出这扇门的这一刻区别的。

他慢慢走。渐行渐远。

你怎么回事

经过近半月的踩点摸底，他在这个下午进入了那扇门。

年轻女人的房间。此女独身，而且像修女一样简单纯洁。他快速得出结论。

他的眼睛像精密的探测仪，从床到衣柜，到卫生间，再到厨房，最后又回到小小的客厅。他在心里微笑。

更可喜的，是那姑娘很美，神情庄重，气质高贵，恰到好处的矜持，一点点的幽怨要细心识别才能发现。

现在那姑娘在墙上，静静打量他这个贸然闯入者。

门后的衣架上挂着她的外套和围巾，它们搭配在一起的色调让他觉得赏心悦目，他走过去，把围巾和外套摘下来，又走上前去，搭在照片上的姑娘的颈脖上，他现在连她的身高都能判断出，甚至她的气息，也仿佛可闻。他顺势做了一个拥抱的姿势，像一个彬彬有礼的绅士，一个情郎见到他的爱人那样。

为了延续他的幸福感，他走到衣柜前，把每一扇门，每一个抽屉都打开，那里井然有序地放着她的日常，她的不为人知的小秘密。他用两根指头挑起一件绸质胸罩，在自己的胸前比画了一下，之后他矫正了自己刚才的拥抱姿势，把手臂往里缩了两厘米，心里说，这样的拥抱才适合你。

行动干净利索，决不能迟疑犹豫拖泥带水，这是干他们这行的行规，但是今天他违背了，他在犯规。

他一直是个谨慎小心的人，在"工作"时不会冒任何一个危险。鬼知道他今天怎么回事？

现在你再看他，从容走到床边，在床上躺下，让他觉得美好的气息在那里格外浓郁，他差不多立即进入梦乡，他睡了十分钟，或者半分钟，之后他猛然醒来，他惊跳而起，仿佛刚醒悟自己此刻置身此地的目的。他迅速走到梳妆台前，一一打开那些精致的抽屉，把一些首饰、现金迅速装进自己的挎包。

该走了。

但他的目光却停留在镜子里，他低头从放在镜子边上的笔记本上撕下一页纸，又借用了主人的圆珠笔，仿照孩童的笔迹，十分稚拙地写下一行字：妞，我想亲死你！

他把纸条放在梳妆台正中，用笔压住，确定主人归来即便得知自己遭盗的不幸事实时，也能在临昏厥前看见这个字条，读完这一行字。

之后他拍拍自己戴手套的两只手，带着他的获得，离开现场。

这依然会是一桩在警察那里挂着的案子！挂着挂着，连警察、连失主都会忘掉这事，世界太大了，大到这样的事件连本市《晚间新闻》都上不了。晚上躺在床上，他不无遗憾地这般想。他想，若是能上新闻，说不定他就有机会在记者的镜头里看见失窃姑娘的真实容颜呢。

时间一天天过去，现在，他改行了。金盆洗手以前是一个词，现在是他心里能体会到的真切感受：轻松，自在，释然。

他带着释然之后的轻松和自在衣冠楚楚地走进一家豪华购物中心，一阵香风扑上他的脸，使他心旷神怡，等他从迷蒙的香气里醒过神，就见那个姑娘，正站在一排高高低低的名贵香水瓶子后面。他眼睛一亮，满心欢喜，由不得冲着她"嗨"了一声："是你啊？原来你在这里上班？"

他热情相迎，忘了过往，只是惊讶与欢喜。

那姑娘准把他当成了一位久未谋面的熟人，没准是自己十年不见的小学同学呢。他没看错，这确实是个有教养富美德的姑娘，她对他也是笑脸相迎，一边期盼他能早点报出大名好让她免受尴尬。

他一直走到她跟前，他把脸凑上去，直到姑娘独一无二的香气清晰可闻。他用低沉的嗓音在姑娘耳边细语："妞，我真想亲死你！"

然后他像是说出了一个深藏心间已久的心愿似的安静退去。

他不能回头，因此他没法看见那可爱姑娘脸上的笑容是怎样一点点冻结在脸上，红晕如何一点点退去，苍白又是如何铺满了那张迷人的脸蛋。

警察找上门来的时候他正在梦乡里，他惊讶谁一大早就来敲他的门，不是贼就不怕人敲门，是的，他早都不做贼了，也早没了原先的那份警惕。因此当他打开房门，看见警察的一瞬，他还是有点吃惊，但他立即就明白了，并且明白自己已无路可逃。

于是，他和那个比自己年轻几岁的警察开玩笑："要不是我提供线索，就是再过十五年，你也不会破案的。"

年轻警察谦虚地点头，在他的手腕上一拍，说："我承认你是个奇迹。"

不能说的秘密

滔滔河水在某一段被辟出去，分流出一条渠，鱼儿随波逐流，来到渠中，是清波荡漾渠水中最生动的部分。渠水穿过开黄色花的油菜田，聒噪着蛙鸣的稻田，扭啊扭啊地一路向前，像一条活力无限的小青蛇。

渠水在靠近水磨房的那片竹林边被收束住，跌下去，跌出一股猛力，这力拍打在水车的翅膀上，水车就飞快地转动起来，轰嗡嗡，轰嗡嗡。

苦麦草的水磨坊的屋顶，在远离村子的山边，像一朵老蘑菇。

日夜交替，只有守磨坊的阿淘，知道那里黎明与暗夜的颜色是否和村子里的一样。

阿淘是能人，能在漆器上画画，画花鸟虫鱼，听说他画的花引来过蝴蝶和蜜蜂，他画的虫鱼被鸡误以为真，鸡硬邦邦的喙啄坏了一张崭新的斗柜。

阿淘还能打卦占卜，有孩子早上起床莫名地害了红眼，孩子的母亲就带着孩子去阿淘那里讨偏方，阿淘两只冰凉的手捧住战战兢兢的孩子的脸，眯眼琢磨孩子的眼睛，又放开孩子的脸，抬头对着青白的天，半闭着自己的眼睛念叨，低声对肃立一旁的孩子的母亲说："窗角的那只蛛网，回去不吭声，挑了就好了。"总之，这孩子的红眼转天也变得黑白分明了。

还有更厉害的说法，说阿淘能从一个病人身上散发的味道，断定病人的阳寿，据说他若是长久地盯着一个人看，这个人将遭遇诡异的事情。这些传闻使我在旷野遇见阿淘，就会低头迅疾走过，我对他的神秘力量心怀恐惧。但是野外的兔子、羊鹿遇见阿淘，却只能在阿淘的咒语中挪步不得，傻呆呆地等着他的老猎枪伸到眉心。

阿淘还能把清凉的水转化为炽烈的电，电可以点灯，可以发动水车带动磨子，于是我们村子第一次不必依靠人推驴拉而能磨出细白的面粉，榨出芬芳的豆油。

水磨坊的磨子转啊转啊，金色的麦粒变成白花花的面粉；金贵的黄豆变成扁扁的豆饼，豆饼被挤压出清亮的芳香的豆油，油流进罐子里。阿淘的手指在罐子口抹一下，这根抹过油的手指会被阿淘放进自己的嘴唇里，十分享受地吮一下。日子犹如这一吮，自有它幽隐的芳香和甜蜜。

水磨的渠口，有一个退水渠，每当水磨停止歌唱的时候，水会从这里畅快地排出，在低处跌出一个十多米高的瀑布。某个清晨，阿淘在瀑布旁湿漉漉的乱石堆里，拣出了八条青鱼，最小的，也有一拃长。阿淘望着瀑布，明白了鱼儿出水的真相。他欣喜极了，但他压抑了自己的欣喜，把它揣进心底。

这以后，水磨停歇的早晨，阿淘都会格外早起，走到那道瀑布边上，他看见有五条鱼在湿漉漉的的乱石堆里等待他，有时是三条，哪怕只一条，也是够的。阿淘感恩上天的这份赐予，把不能言说的喜悦深藏心里，如果遇上活着的小鱼，阿淘会把鱼丢回到水里去。

捡回来的鱼被阿淘去鳞、盐渍，用搪瓷盘扣紧在水磨房的阴凉中，只待深夜完工，阿淘再从榨油机的油槽里控出一点点油，将鱼煎得金黄灿烂，或者把鱼变成一碗泛着奶白色光芒的鱼汤。鱼香飘在磨房里，有穿越漫长岁月的能量。

要是有一个女人来分享他的快乐，该有多好！一个人守着一个不能说的秘密，日子久了，这秘密会不会撑破他的肚子？四野寂静，阿淘偶尔的一声慨叹，大概天听见了。

于是，一个落日铄金的黄昏，阿淘在磨坊门口搀扶起一个面黄肌瘦、蓬头垢面、衣衫褴褛的女人。阿淘给女人喂了水，喂了粥，女人醒了，但却不会说话，不久阿淘明白女人的不会说话是永久的。她是一个哑女。

哑女不说话，但哑女分明在说——

哑女说，我不走了。

哑女说，赶，也不走。

哑女说，我知道你是一个人。

哑女说，一个人加一个人，是两个人。又有一天，哑女说，可能还是三个人，或者五个人。

时间在这里陷入荒蛮。在一个男人和一个女人的世界里。

阿淘给哑女喝鱼汤。

是不是那些鱼汤的功劳呢？总之枯瘦的哑女迅速滋润起来，如桃树走出冬天进入春天，由不得阿淘赞美。

阿淘的目光越过哑女手中的鱼汤碗，看见哑女的嘴唇，娇艳正如四月的桃花瓣。

海岸线

　　火车上。对面女子面前的那束鲜花里，像藏着一个魂，总把我们的目光吸引过去。

　　我和鳗鱼的爱随夏天气温的高涨而高涨，夏天过去一半时鳗鱼跟我说，再不离开 M 城，她非死不可。我爱鳗鱼，我决定带鳗鱼旅行，去 N 城。

　　从 M 城开往 N 城的直达快车早 9 点始发，17 点到达，真正的朝发夕至。这趟列车开通不久，一切都是崭新的，柠檬黄的窗帘，烟灰色的靠背和坐垫，咖啡色的几案以及铺在上面的白色麻质桌布，无不给我和鳗鱼明亮愉悦的心情再添一份愉悦和明亮。

　　我们的目的地是此前在地图上找见的一个海岛，我们打算关掉手机，在那里待十天，让世界只是我们两个人的。

海鲜新鲜上市，我们来得恰好。大海的慷慨赠予使鳗鱼感慨，她说刚刚明白，人类的嘴唇只该有两个用途：接吻和品尝各种美味。出去吃饭，回来睡觉，醒了发呆。能够安静真好啊。敢于关机真勇敢啊。但是仅仅过去两天，我就开始心慌，坐卧不宁，起初我不敢把这情绪冒出来，只在心里强作压抑。但是不久我发现鳗鱼背着我偷偷看手机、发短信。奇怪的是我发现了鳗鱼的举动，非但没生气，反而幸灾乐祸。我说："要不咱们还是把手机开着吧，这样你就不用跟个贼似的了。"鳗鱼脸一红，又一黑，冷然说："多没意思啊，你好像不觉得自己是贼似的。"这哪里像那个一向机智幽默的鳗鱼的话，我不禁呆了一呆。

手机还是开了，我们顷刻跌进千里之外我们的日常生活，仿佛我们不是在 N 城的海滨旅馆里。我一看见鳗鱼在电话里吞吞吐吐，欲言又止，就立即掉转脸，走到外面去。我在海滩上漫无目的地走，也趁着这时分在电话里梳理几爪远方乱麻似的生活。

蓝色海岸线，金黄沙滩，人迹杳然的天然浴场，这两天前让我们欢喜雀跃，感慨想要待上一辈子的天堂所在，也似乎不像第一天那么吸引人了。

鳗鱼开始担心海水里游泳会使她皮肤太黑，太黑的皮肤会暴露她的行踪；顿顿海鲜又使我俩肠胃同样不适，美味变得索然。不出去，就只能待在旅馆房间，窗帘制造出的暗叫人压抑，心思恹恹，身体慵倦，我们忽然都不太好意思面对对方的身体了。

算一算，是我们出行的第四天。我在鳗鱼再一次在电话里吞吞吐吐的时候下决心说话，我小声地、讨好地、假装无所指地说："要不，我们先回去吧？往后想来的时候再来这里。"鳗鱼这次没恼，她跨过我的身子，直接走到窗边掀开窗帘，大声说："嗨，我们游泳去吧。"

这夜，我们像刚来那一两天一样亲密、美好、缠绵、不舍。

在入睡前那近似幸福的疲惫里，我听见鳗鱼在我耳边呢喃："我们明早就回 M 城吧。"

M 城和 N 城之间是对开车，车上熟悉的景象让我恍惚，我差不多都处在发呆状态。鳗鱼也是懒洋洋的，只有眼光在掠过对面那束鲜花时会被花的生动晃一下。但那束鲜花的主人，那个女子，一整天把一个明亮的发髻冲着我们，一路沉睡，无知无觉。

列车快到终点站时，那女子才从深远的睡中醒来，茫然四顾，终于明白自己是睡在一列高速开动的火车上，她伸了伸懒腰，向车窗外望了又望，然后，像是对即将到达的终点心里有些不确定似的发了长久的一个呆，一缕从玻璃窗上反照过来的夕阳照在女子的脸上，使她那经过一天饱睡的脸显得精神饱满。

女子从包里取了化妆包去洗漱间，女子再回来的时候光彩夺目。妆容整洁的女子开始打电话，一天之中，第一次听到女子的声音，感觉好奇，女子的声音很好听，她说的话也悦耳，悦耳的声音说："亲爱的，半小时后我就能到站，待会儿见。"把手机装回到手袋里，女子站起来，抱起一整天占据我们桌面的那束新鲜如初的花，朝着两节车厢之间的蓝色废物桶走去，手臂一扬，抛出一道优美的弧线，把那束花投了进去。

女子走回到自己的座位上，我和鳗鱼像一个偷窥到别人秘密的人一样，赶紧把目光投放别处。

列车到站，那女子利落下车，等我们走出车厢，再次看见那女子，欢呼着投身于一个男人的臂弯，鸟儿似的一路叽喳着走了。

尽管知道两人不会有谁来接站，但我和鳗鱼还是各自向外走。我们慢慢拉大距离，到最后看上去，完全像两个不相干的旅人了。

地　震

　　苏梅红捡起丈夫俩月前忘在自己枕边的半包烟，举到眼前细看，直到烟盒上慢慢洇出她丈夫陈长安那张在苏梅红看来是那么得意的、油汪汪的脸。她对这张浮幻的脸认真打量，想要逮住他闪烁不定的眼神，但是没用，她总是逮不住他。她长嘘一口气，吹散了那张脸。她从烟盒里抽出一支烟，给自己点上，第一口，她就呛着了。苏梅红忍着一声声的咳嗽，把烟盒丢进自己的包里，一边想，要是能把这红色烟盒变成一顶绿帽子，她一定会毫不迟疑地把它请到陈长安的脑袋上。

　　正在苏梅红努力搜寻大脑里有没有更为积极的愿望的时候，她的手机响了。是老豪。她至今不知道他的真实姓名，但这又有什么关系，你知道一个人的名字你就一定了解他吗？咳。苏梅红和老豪在网上说话半年了，但她不打算在现实里认识他。

无端地，苏梅红觉得老豪一定不漂亮。尽管这并不构成她不想见他的理由。

　　苏梅红知道自己喜欢漂亮男人是三十岁那年，一次她和她的两个哥们儿坐在大学南路一家新疆烤肉摊上吃烤肉，忽然邻座就来了个外国人。一个多么漂亮多么年轻的外国男人啊。年轻漂亮的外国男人独自坐下，用咬伤舌头的中国话给小伙计说他的愿望，苏梅红舌尖上的外国语忽然小鸟一样地起来。他显然一下子明白了她，而且是满怀欢喜与感谢的。隔着三米的距离，他们交换着光芒与电流。苏梅红的表现当场被她的俩哥们儿追究，不料苏梅红给了这样的解释："我不是好色，我这是完美。"

　　现在，老豪在电话里说他要来看苏梅红了。见面这话老豪以往也语气弱弱地说过，但这次，苏梅红觉得老豪有不能被拒绝的坚定。"为什么要来呢？现在这边闹地震，大家走都怕走不及，你却偏向虎山行？"

　　"我昨天去果园摘到了最好的葡萄，这可是人家专门生产冰酒的，顶顶著名的葡萄。我只是去送葡萄给你，不会有多久的耽搁，我去你那边，不就一个多小时的路程吗？"

　　"你看我们连对方长啥样都不清楚，要在人群里挑出彼此来也太费事。"

　　"我已经快过篮关收费站了，你不见也不行了。"

　　苏梅红脑子里如焰火升腾。然后苏梅红就笑了：还怕一个老豪不成？苏梅红想起自己刚刚咬牙切齿发下的誓愿，由不得哈哈大笑起来。一路大笑着奔到衣柜前。苏梅红对自己的那些套装淑女装看也不想看一眼，好不容易挑出件可以挽救的T恤，苏梅红毫不犹豫地在衣服胸口的那个位置用剪刀剜出个洞，又在右边衣袖靠肩头的地方斜斜地剪了道口子，苏梅红把T恤在双手间绞缠揉搓过，又翻出条灰蓝的牛仔裤，打算这样穿戴着去见老豪。

苏梅红刚把一个简单的发髻绾在脑后，老豪的电话就来了。

尽量愉快着心情下楼，苏梅红再次想象老豪的长相，她再次确定他是长得不好看的，也是寂寞的。

在人群里找人怎么也是容易的啊，苏梅红倒有些感叹地想。她惊讶于自己对老豪的想象，她对他的座驾的猜想和现实是一致的。接着就要看见一张表情落寞的、平淡无趣的脸了！苏梅红不由闭了下眼睛。黑色奥迪的玻璃窗缓缓降下，在漫长的天地永恒的寂静里，苏梅红睁开自己的眼睛，她看见那样一双清澈无雨无渔无虞的眼睛。对，无雨无渔无虞，苏梅红确实是这么联想的。苏梅红不知道一个人的眼神竟能有叫打量他的人看不见他脸上别的器官的能量，在后来的时光里，苏梅红觉得自己忘记了挑剔，她有一瞬间的慌张。

"你送我可以酿冰酒的葡萄，那我就请你喝冰酒吧。古人把这种美好的事情叫'投我以木桃，报之以琼瑶'。"苏梅红说，"这家西餐馆的冰酒是顶好的，有一年我跟一个腐败团出游，在塞纳河的豪华游轮上，喝到的，就是这个牌子的冰酒。"

"我是不能喝酒的，一滴都不能喝。"老豪紧张地说。

"你一小时前在电话里说冰酒的时候我听见你吞咽口水的声音了。"苏梅红笑嘻嘻地说。

"我说的是真话，我不撒谎。我不能喝酒，一喝就出事。"

"是怕喝酒控制不住自己犯错误吧？"

"你看你看，叫你误解真不好意思。那就喝一杯，喝多了会出人命的。"

"这么好的地方最近也是门可罗雀，就是怕出人命。这段日子来饭店吃饭的人，都怕地震到来自己没法从屋子里跑出去，择座都要挑门口的。就我俩不怕死，还要了这项里面的屋子。"苏梅红努力让自己把话说得风情一些。

她"叮"一声和老豪碰了杯，也不看老豪，仰起脖子一饮而尽，又"汩汩"地给自己斟好了酒。看老豪。就见老豪正用他那无雨无渔无虞的眼睛打量她，低低地说："我得趁这会儿能看清你的时候多看你一眼，要不一会儿我就看不了了。"

隔着桌子，苏梅红把自己的脸向着老豪凑了凑，在淡淡的酒意、淡淡的香气里，苏梅红替老豪想，这张脸是经得住你老豪打量的吧。

老豪喝酒的姿势蛮有观赏性的，苏梅红由此确定老豪说自己不能喝酒近似于一个谎言。她双手捧了酒瓶给老豪"汩汩"地又斟好了一杯。老豪这次却不推让，由着苏梅红的心意倒。

但是，苏梅红忽然发现老豪是那么安静，安静得她能听见两个人的呼吸，能隔着长长的走廊听见服务生走过的脚步声。在那片异样的寂静里，苏梅红看见老豪以一个慢动作的姿势倒在了面前的桌子上，大概是努力控制了自己的缘故，他的头刚好落在杯盘和刀叉之间那片小小的空白处。

苏梅红的吃惊一定不小，她张大了嘴巴，茫然四顾，不知所措。老豪倒下的样子在她看来简直就是电影里的英雄主角中弹时候的样子。她忽然那么莫名其妙地，也像电影里的人那样，伸出手，在老豪的鼻子尖试了一试，她不知道他这会儿是死了还是活着，但她想他多半是死了的。她起身就跑，还没忘了顺手把自己的包抓在手中，返身关好房间的门的时候，苏梅红甚至还想到了自己留在地上的脚印，留在杯子、叉子上的唇印、手印什么的。

苏梅红一路脚步响地敲过大厅，她的高跟鞋击打地面的声音听在她的耳朵里真是清亮得可怕，不久她就听见这声音仿佛能够传染似的，在她身后，一路纷乱的脚步响紧随在她的清脆之后，嘈杂声中，她还能听见有人在喊："快跑，走安全通道！"这使得苏梅红不再顾忌地奔跑起来。

这一队奔出来的人给大街上制造了混乱，使大街上走着的人以为地震了，忙乱地寻找宽阔的地方。也有清醒的人忙中仰望天空，想要看清那些高楼是否还在那里安静地屹立着，这是地震这段日子直接教给他们的经验：高处比低处会有更强的震感。

苏梅红仰望逼仄的天空，有一种想要坐下的虚脱感。

接下来的两天，苏梅红每天买来这个城市的各种报纸，每一行字都不放过，她想知道发生在葡国餐厅的那个惊心场面最终的真相。但是报纸的脸色那么平静，并没有可怕的字眼出现眼前。第三天，苏梅红鼓足勇气再次走进葡国餐厅。熟悉的音乐，熟悉的门"迎欢迎光临"的声音。苏梅红走到吧台那边，小声探问两天前闹地震的那场虚惊中可有人遇到了不测，吧台里的女子用相当迷人的微笑告诉苏梅红，没有。一切都是正常的。

苏梅红再次要了她请老豪吃饭的那间屋子，在那天自己的位置上坐下，给自己点了份奶油蘑菇汤和烤鳕鱼。看着对面的那片虚空，苏梅红想，她和老豪，一个是寓言，一个是童话吧。至于自己的丈夫陈长安，是不是更像一篇冗长的小说呢？

苏梅红心里竟有了一瞬间的伤感。

胖　人

胖人身懒，在桑拿天的七月，更是一动弹一身水，索性除了必须做的那点点事，胖人就喜卧在竹榻上，手捧闲书，吹电扇送来的微风。胖人不喜空调，觉得电扇送来的风，有山林植物的气息，使她身虽在水泥的高楼间，心却能在天地间自由呼吸。

胖人身子懒怠，脑子却极勤快。此刻胖人就在琢磨，是什么阻碍了人之外的其他动物的进化？为什么动物不能强大到足以和人类抗衡？猴子若是懂得搬起石头，会砸准人类的脑袋，还是自己的脚背？狼和人的故事里，狼叼住了人的衣袖，狼却最终放弃了人，不是狼力气不够，是狼被那个大喊救命，拉住树枝不松手的动物完全搞蒙了，这如同贵州山林里那只老虎最初面对驴子的情景。

胖人还担心地球上的人越来越多，总有多到需靠火拼求生存的那一天。胖人操心操得闲远，胖人因此孤独，孤独的胖人自言自语："或许没事，某一天，一颗来自太空的陨石直冲地球，砰然一击，火光冲霄汉，地球上的生命终止，新的生命开始缓慢轮回。嗯，现代战争带来的毁灭性破坏也可以使地球重新找到平衡，但战争太残酷。假如气候变化更为剧烈？星球冰冻，倒是来得干净。白茫茫的地球真干净。这是人类的咎由自取，你别不爱听！造业，就是自己做了自己受。"

　　关心完地球和人类的大命运，胖人又来关照我们的个体身心："你们都爱旅行，仿佛觉得那才是享乐了人生。我早没了游走的愿望，到处都一样，塑料景区，去那些偏远小镇？一样，因为人性是相同的。"

　　"闹市中也有微风，也有清凉，得看你怀什么心情。当个看客很美妙，而且我自觉是相当棒的看客，我虽然偶尔也在边上发言，偶尔语言暴力，但那是骨髓里的深刻。"你刚发现胖人的自信自负，她却忽然叹息——

　　"你看我，每天下班回家，只能把电视从头到尾翻几十遍，在竹椅上躺到十二点，再挪到床上躺着。我买了那么多书，福克纳、帕慕克、杨·马特尔、苏珊·桑塔格、库切、本尼迪克特、梅萨藤、雷蒙德·卡佛……书快堆到天花板了，我每天读，却还是读不完。但我还会买书，我睡不着啊，我要用这些来打发走我的时间。按说谈恋爱最消磨时间，问题是，我和谁谈？在现实里，和男人走得近，说你是骚；和女人走得近，说你是同性恋；和尼姑和尚走得近，说你离婚被打击了不热爱生活了；和宠物走得近呢？又斜眼猜测你是否奴役了动物……我什么都不能恋，最后只好自恋，我说自恋的人是因为没人恋，信不信由你。"

胖人不等我回答信与否，接着诉说："再说男人吧，任何一个男人，我都会看到他鼻孔一厘米处的鼻毛，这真是件悲哀的事。嗨，今天晚报上的新闻你看到了吧？其实这哪里算新闻！"胖人对着我，自问自答。

自从认识胖人，我不读报纸也不担心世界发生了大事而留我在无知的暗处。胖人愤："你看我们的同胞，把土地污染了，把河流污染了，把食物里面掺毒了，于是他们就想起喂养人，全绿色的人，喂人干什么？当奶人！他们喝奶人的奶，求得自身的康健。当年我们仇恨那些剥削阶级，说他们黑心半夜学鸡叫，吵闹着长工早点下地干活。可他学鸡叫他多单纯、多可爱啊。他学鸡叫但他没养一个长工女人喝她的奶，更没嘴里嘟囔：自家喂养，自家眼看着出产的，又是年轻俊美的身体，是最好的净化器。"

我一边飞快移动手指回复胖人，一边按动一扇大门的门铃。

是的，我按的正是胖人的门铃。胖人是个离婚五年的单身女子，她离婚，是因为她那个超有钱老公把一个"奶瓶"女的肚子弄大了，有钱老公离婚时给胖人诉苦："我一吃'奶瓶'的奶，就忍不住想和'奶瓶'睡。""奶瓶"的大肚子里有了三胞胎男孩……胖人终于忍无可忍，又十分不忍，于是自己搬出了那幢豪宅。

现在，我来敲胖人的门，我要和她谈恋爱，她说谈恋爱最消磨时间，可见这是个会谈恋爱的主。

而且，我知道她喜欢漂亮的、三十三岁的男人，这是我们长达一年的网聊里她传递给我的信息，我自知我符合她的审美。而且，我们的言语，从第一天到此刻，都是如此的投机。我要把她从"骚""同性恋""不热爱生活"的恐惧里解放出来。当然，如果我运气好，博得了胖人的芳心，我将获得胖人，以及梅萨藤、库切们……和他们为伍，我十分甘心。

当然，我没忘记把修鼻毛的剪子小心地探进我的鼻孔，我想胖人不管如何细心，她也只能看见一个干净如南极天空的鼻腔。

胖人是她的网名，我知道，胖人不胖，且身材窈窕，姿态娇媚。我们是在实名网站认识的，谁长啥样有十张个人生活照为证。

欢乐颂

    天赐我一个婆婆，我婆婆带给我一大串亲戚。缘着那条脉摸索去，一个，一个，又一个……我用了好几年时间，总算记住了彼此间复杂的称谓。

    有个大妈，我最喜欢。每年清明前，大妈就会捎信来：今年的春茶下来了。油菜花黄了。再不来，林子里的笋子可老了。这些话经我婆婆转达，我会立即催促婆婆："明天我就陪您去一趟吧。"

    大妈表达亲情总是从饭桌上开始，清炒菜薹、油焖竹笋、韭黄爆河虾、桃花豆腐、白果焖腊肉、笋干煲鸭汤……只有我们吃满足，大妈才觉得我们是见过面了。"有什么吃什么。"大妈总说。语气一定不是表达谦卑，是对生活的知足和感激。看见我们那么欢喜吃她做的饭菜，大妈的厨艺展示越发地才华横溢。一顿，又一顿。我感叹大妈把春天装进我身体里了。大妈说："你能多来就多来，这里的青山绿水，也不委屈你。"

大妈像个磁场，在她身边，我就觉安静、快乐、知足。我想这好比香樟树的周围不滋生蚊虫，在大妈身边我就不浮躁不定了。

大妈爱唱歌，老了也没削弱这爱好，对人唱，对山唱，在菜地摘菜时唱，下河浣衣时也唱。是地道汉水民歌的调子，曲调婉转悠长，借景状物，从心所欲，真是情从心生，歌从口出，那么的自然而然，如万物生。蓝的天，白的云，山峰青，江水碧。简单却隽永的日子，我在那短暂的相逢里似乎过了一生，又恍惚只是打了个盹儿醒来。

所谓幸福，也不过是依着这个蓝本画的吧？我端着大妈自酿的米酒，迷迷糊糊地想。大妈像看透了我的心思，淡淡地说："留你久住这里，你也会不惯，会着急。你小住几天合适。"

妹是鲜花香千里，
哥是蜜蜂万里来。
蜜蜂见花团团转，
花见蜜蜂朵朵开。
……

不知谁的歌声从河面飘过来。

太阳落坡四山黄，

唱起山歌送阿郎。

阿郎回家慢慢走，

妹儿泪珠湿衣裳。

立即就有另一歌者在后坡呼应。我倾耳听。在这悠长欲睡
的春日午后。

大妈停住针线，悠然起歌：

大路边上栽南瓜，

我把萝卜当娃娃。

四季豆儿两头尖，

当中一个闪弯弯。

……

岁月静好，现世安稳。我对身边咕咕啄食的小母鸡说。

这样的大妈让我们忽略她的年岁。

但是大妈七十三岁了，这年的春天我去看她，她告诉我她
活不过七十四岁，谁都不在意她的话，我也不信，因为她依然
清、瘦、硬朗。大妈的身体忽然弱起来，大家才想起她春天的话，
几个哥嫂都不明白是什么给了她暗示，但大妈的表情从容自然，

如落叶树木进入冬天。初冬的第一场风过后，大妈躺下，大哥通知该通知的亲戚，其中有我，大哥说大妈疼爱的人，都得回来给她唱歌。我以为是那一带老人故去后守灵人唱的孝歌，说我不会。大哥说，就是唱歌，欢乐的歌。

　　我到时大妈已经弥留。大妈躺在床上，她要重新起程，回到三十一年前和她分别的大爹，四十年前从她怀抱离去的三弟身边。那是宋氏家族墓地，那里还长眠着大妈挚爱的她的婆婆，她在大妈五岁时收养了流落异乡的孤儿，养大妈到十八岁，然后从大妈的养母变成大妈的婆婆。没有通常人哀叹身世飘零的悲苦，大妈说，她从一个家走丢就是为了进另一家门的。现在，她回到她生命中几个重要的亲人那里，在那里继续看护她留在世上的亲人，她的遗言就是嘱咐她的亲人用歌声给她送行。

　　歌声在大妈弥留的那一刻响起。都是大妈熟悉喜欢的汉水民歌的调子。大哥、大嫂、二哥、二嫂、四妹、四妹夫一个接一个唱，直到这个家族的晚辈都加入到这唱歌的队伍里来，低缓、悠长、重重叠叠，让我再次看见那根血脉的藤，弯转绵延，生生不止。歌声伴大妈渐行渐远。

　　我忽然惭愧，大哥说我是大妈疼爱的人，我当然得给大妈唱歌，我搜索心海，想起不久前刚学会的一首民歌，我在大妈床前的席子上坐正身子，端庄而歌。

太阳歇歇吗？

歇得呢。

月亮歇歇吗？

歇得呢。

女人歇歇吗？

歇不得。

女人歇下来，火塘会熄掉呢。

冷风吹着老人的头吗，

女人拿脊背去门缝上抵着。

刺棵戳着娃娃的脚吗，

女人拿心肝去山路上垫着。

有个女人在着吗，

老老小小就拢在一堆了。

有个女人在着吗，

山倒下来男人就扛起了……

　　灯火摇曳，我看见大妈脸上恍惚积满笑意，仿佛说，大妈喜欢这歌呢。

恐　高

我们村在五十年前住过苏联专家，专家走了很多年，但他们的影响还在，比如我们说一个人有学问，会给这人的名字后缀一"斯基"。"斯基"我们村有三个，说来惭愧，我就是其中之一。我叫杨克斯基。

——我在一个同乡会上结识杨克斯基。这是一个有趣的人，这一点从他的自我介绍中能听出点来。

杨克斯基在生活里总结了许多的哲理，比如他说，人的一生就是在和一个高度问题相处。

人比蚊子复杂，蚊子能到达的高度是三层楼房。杨克斯基的理论来自他的大学认知，入学的时候，杨克斯基带着母亲省吃俭用给他买的一顶雪白蚊帐，母亲担心他干瘦的身体禁不住城里蚊子的欺负，但四年大学毕业，那顶蚊帐压在杨克斯基的棕箱底没使用过一回，杨克斯基的宿舍在四楼，没有蚊子。三楼却有。杨克斯基于是判断，蚊子飞不过四层楼房的高度。

时隔十五年，杨克斯基在这座城市上到二十四层的高度，拥有了两百平方米的居室。住进去的第一晚他心情好极，正想着要把自己的好心情和谁分享，却听见一声清晰的蚊子的鸣叫，像一根草箭擦耳而过，他睁大眼睛，感到震惊。杨克斯基分析的结果是，城市扩张，生活前进，但蚊子的飞行能力并没进化。是电梯，电梯驮送了我们的身体，也把蚊子送上二十四层的高度。

杨克斯基无法把心得和躺在墓地里的母亲分享，他在心里喊"娘"，眼泪汪汪。他走到窗边眺望，一阵巨大的眩晕地震般降临，使他差点倒向地板，杨克斯基确知自己恐高，心中充满疑惑。

大学毕业，杨克斯基在一个乡村中学当了两年老师，因为与校长哲学论战翻脸，一气之下辞职，随一个朋友去城里搞建筑，杨克斯基甚至当过建筑工人，攀高爬低，在朝阳晚霞的剪影里砌楼房，在忙碌的空隙里琢磨一下关于高度的哲学命题。

鸽子震响鸽哨从他身边蓬勃地飞过，在楼房和楼房的空隙里留下转瞬即逝的飞行轨迹，鸽群的高度只是这么高吗？但是那些长途奔袭的信鸽呢？信鸽是鸽子中的优秀分子，如人类中的精英。

一个明媚的早上，蹲在工棚外吃胖嫂为他蒸的馒头，杨克斯基眼见着一群麻雀在他脚边觅食，用灵活明亮的眼睛揣度是否能从他那里得到吃食，他停住咀嚼，对胖嫂说："我杨克斯基是麻雀，也是鹰。"

建筑工人杨克斯基是不恐高的，恐高他就不能工作。但是，此刻身居二十四层的杨克斯基却被自己的恐高困惑着。

"可见一切都是不确定的。"杨克斯基醉眼迷离地说。他说他高中的时候暗恋过一个女生，确信她是仙女中的仙女，尽管女生对他嗤之以鼻，说他黑瘦如鬼，他贫窄的胸脯最多只能依靠一支竹竿。十五年后再见，杨克斯基的身体倒是高了宽了，但见那个仙女成了个满嘴坚硬方言的邋遢女人，杨克斯基偷偷躲到牛气哄哄的牛圈搂着牛脖子痛哭了一场，问牛："你知道我为啥长高了长宽了？我进城里吃粮食多了嘛。可仙女为啥不是仙女了？"杨克斯基问牛牛不语，泪眼婆娑地放下长达十五年的暗恋。

杨克斯基带着多年的积蓄在那个春天回到故乡，承包了别人撂荒的土地和山间林地，一心一意地当起了农民。当然他是有现代意识的农民，他种树，养猪养鸡，猪是土猪，鸡是土鸡，他的产品广告语里说他的猪与鸡，是听松涛喝山泉赏野花的猪与鸡，他的猪肉、鸡蛋走的都是会员消费渠道，自然也是好价钱，他现在是杨克农庄的庄园主，做全绿色的养殖种养。

杨克斯基说："你们来我庄园，开大车来。看上什么拿什么，能装多少装多少。”

几个同乡齐声欢呼："好！中秋假就去。"大家约定，要在杨克庄园小憩后顺道去登华山。说及华山，杨克斯基勃然变色，虚弱地摇头，说他陪不了，他只能在庄园温酒等候，因为他听见华山两字都眩晕。他说上月在一本地理杂志上看见航拍的华山，头晕目眩，心悸难忍，提醒他恐高的存在。

几位女士说不信，肯定是他偷懒，说："你以前攀高爬低，也没见个晕。不会是现在身子贵了？"

但看杨克斯基灰白的脸色，只好作罢。

中秋假日，杨克斯基约定的人马准时到达农庄，在山庄吃过农家菜带上补给后，他们去了华山，杨克斯基看着空空的院落，感到落寞，他想，这落寞会不会是属于鹰的？

这个朋友们带来喧哗也带来寂寞的早上，盘旋在杨克斯基脑海里的，是一只孤独高飞的鹰，高空的鹰能俯视方圆百里的视域，鹰的心情谁能体会？杨克斯基当即决定追随他的朋友朝觐华山，他选择从临近华山的另一面温和的山攀登。

杨克斯基直接开车从华山南麓攀升，在车轮下不断长高的山叫仙鹿山，和华山比肩，却因秀丽逶迤，树木高茂，掩饰了山的险峻，站在仙鹿山山顶，越过一道深邃的峡谷，杨克斯基清楚看见华山北峰在青碧的天宇下，如劈、如削，险峻高拔，寂寞如斯。

鹰乘着山谷的气流扶摇直上，越过了山巅，把翅膀贴上碧空，久久不动，像是要飞往天堂。杨克斯基仰脸，等待那股巨大的眩晕袭击自己。但是，他依然清醒着，他清醒地感到眼睛里噙满了眼泪，泪水滑过腮边，山风使他的两颊凉冰冰的。